U0781670

河
HE

清
QING

海
HAI

晏
YAN

橘子不酸
著

台海出版社

目录

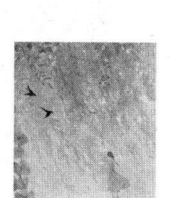

壹

你带着故事的开端，

向我走来

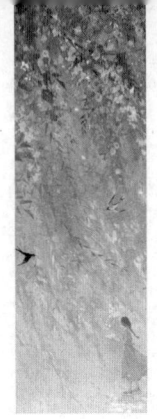

1

认识周海晏那年，我十四岁。

因为长期营养不良，我又矮又瘦，看上去比同龄人小很多。

从我记事起，我爸就整日游手好闲。

一家三口全靠着我妈每个月在服装厂的三千块工资生活。

我爸嗜赌成性，但十赌九输。

一输钱就心情不好，心情不好就喝酒，喝醉了就开始打老婆孩子。

地上往往一片碎碗残羹。

我五岁那年，他输了很多钱。

晚上，他顶着满身的酒气，一把薅过我妈的头发，把她掼在水泥地上，摁着她的脸往地上撞，撞累了就换脚踹小腹。

"你是不是觉得老子现在没本事，看不起老子了？啊？

"你他妈连个'带把儿'的都生不出来，老子出去都抬不起头！

"都是你影响了老子的财运，当初要是没娶你，老子现在早发达了。"

我妈被打得蜷缩在地上，深红的血将头发缠成结，一缕一缕。

她不躲也不反抗，天真地企图用忍受唤醒男人最后的良知。

在我妈身上没一块好肉可以继续下手时，他就把目光盯向了我。

"还有你，你那是什么眼神？怎么？还想打我？"

厚重的巴掌扇在我脸上，一阵剧痛之后，是麻木。

仿佛周围所有的声音都被放到玻璃罩里，然后彻底隔绝。

我被扇到耳膜穿孔。

我妈哭喊着将我藏进她怀里，用瘦弱的身体替我承受风雨。

男人的咒骂，女人的惨叫，随着施暴者的精疲力竭而止。

深夜里，男人的呼噜声和女人的抽泣声交杂。

我妈红着眼给我上完药，再默默收拾完满地的狼藉。

我们挤在小床上，她紧紧搂着我。

我说："妈妈，我们离开这里好不好？我以后会赚很多很多钱养你。"

她看着窗外的月亮，那里缺了一个大口子。

"不走，你爸爸年轻时对我很好很好的。他会存钱给我买金镯子，会背我走几里路就为了带我去看烟花，他还会给我买很多漂亮的衣服，我都穿不完。"

我伸手搂了搂妈妈身上已经洗到褪色变形的衣服。

"妈妈，你在说谎。"

她摸了摸我的脑袋，语气执拗地道："妈妈没有，你爸爸现在只是一时糊涂，他会变好的，他说过要对我好一辈子的，他说过的。"

"就像窗外的月亮，总有一天会圆的。"她低喃着。

她像是在说给我听，又像是说给自己听。

爸爸酒醒了，又当作没事人一般和妈妈说说笑笑，伸手问妈妈要钱。

他说："婉柔，我还是爱你的，我只是酒喝多犯了浑，等我赢了钱就带你过好日子。"

三言两语就把妈妈哄得把工资全给了他。

这种场景熟悉得令人心悸。

我看着爸爸手里的钱，很想开口问妈妈，她不是答应我，这个月工资发下来就送我去幼儿园读书的吗？

我已经五岁了，却还没有上过幼儿园。

可是妈妈笑得很开心，眼里只有爸爸，完全把我忘了。

于是，我默默闭上嘴。

没关系的，妈妈下个月肯定会想起这件事。

直到我靠着国家教育政策上了小学，妈妈也没有想起来。

我就这样错过了幼儿园。

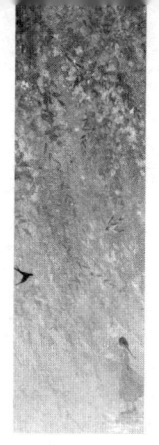

2

随着渐渐长大，我才知道爸爸的这种行为叫"家暴"。

老师说可以报警，警察叔叔会保护我和妈妈。

于是在一个被打的晚上，趁着爸爸睡熟，我拉过妈妈的手。

带着无限的喜悦和憧憬，连身上的疼痛都忘记了。

"妈妈，我们去报警吧，把爸爸抓起来。"

妈妈没有我想象中的开心，她反而用一种无比震惊和痛心的眼神看我。

"清清，他是你爸爸！你怎么能这样做！"

谴责的语气犹如一记巴掌，狠狠地扇在我脸上。

我一瞬间面红耳赤，仿佛自己是个天大的不孝女。

可明明不是这样的。

老师说，家暴就是家暴，无论他是谁，都不可以被原谅。

于是我执意要去报警。

妈妈第一次打了我。

指头粗的木棍都打断了，她让我跪在地上反省。

我头一次知道，原来不只爸爸打人疼，妈妈打人也很疼。

我头一次知道，原来妈妈也是会打人的，只不过打的不是爸爸。

被爸爸打了无数次我没哭，但被妈妈打的那晚我哭了一整夜。

妈妈破天荒地舍得煮个鸡蛋，给我揉伤。

以往，妈妈都是把鸡蛋留给爸爸吃的。

我知道这叫打一巴掌再给个甜枣。

因为爸爸就是这么对妈妈的。

可我不喜欢这样的妈妈，她让我感到无比陌生。

以前挨打的时候，我盼着长大，因为长大了就可以保护妈妈。

但是，随着年龄增长，我发现长大是件很难过的事情。

它渐渐摧毁了我的妄想。

一次又一次的家暴仍然在重演。

一次又一次的原谅也如出一辙。

我无法控制地变得麻木，冷眼看着妈妈前脚哭得伤心欲绝，后脚小心翼翼地讨好。

我以为我不会再比现在更加失望了。

但失望过后，还有绝望。

十一岁那年，我被我爸打到骨折。

无论妈妈说什么，我都执意要去报警。

她哭着跪下来求我，她说我要是报警就是在逼着她去死。

一个母亲给女儿下跪，我被死死钉在了道德的耻辱柱上。

无路可进，无路可退。

她爱我吗？

我已经分不清了。

或许是爱的，但她对爸爸的爱几乎将她掏空。

最后分给我的所剩无几。

家里的破碗数不胜数，因为生活捉襟见肘，妈妈一直把能用的都留着。

她把最好的碗给我爸用，第二好的给我，碗边裂口最多的留给自己。

后来，破碗越来越多，她自己也分不出个高下好坏。

大家手里拿着一样的破碗。

把生活过得一样稀烂。

爸爸开口要的钱越来越多，每天回来心情越来越差，下手越来越重。

然而有一天，爸爸却突然容光焕发。

不仅买了只烧鸡回来，还给妈妈买了件新裙子。

妈妈以为是春天来了。

没想到爸爸的话，让她如坠严冬。

爸爸拉着她的手："婉柔啊，就我们那个场子，有个大老板，人家有钱又有本事。他很欣赏你，你穿上这条裙子，明晚陪他吃顿饭怎么样？"

妈妈长得很好看，是镇上出了名的美女。爸爸口中的场子，是一个地下赌场。

她脸上的笑容僵住了，怔怔地盯着爸爸的眼睛，慢慢道："只是吃饭吗？"

她像是在确认什么。

爸爸眼神飘忽，不敢与她对视。

他说："婉柔，求求你帮帮我好不好？就这一次，大老板说以后会带我混，我就能让你过上好日子了。"

妈妈坐在那里，颤抖着话都说不出来，像一具被掏空了灵魂的木偶，瞬间老了十岁。

我从未见过她这个样子。

就好像万念俱灰。

爸爸以为她不肯答应，转脸对她破口大骂。

"不就是跟男人睡觉吗？跟老子能行，怎么换个人就不行了？

"妈的，你连张大蒋他老婆脚后跟一层皮都不如！"

张大蒋的老婆我知道，住在镇西头。

同学们说她是做那个的。

赚了钱养她老公。

妈妈泪如雨下，她拽着爸爸的袖子让他别说了。

"我去，我去！"

3

那晚爸爸拉着她说了很多好话，晚上呼噜打得都更响了。

妈妈搂着我睡在隔壁杂物间的小床上，嘴上不停地说着："他以前对我很好的，以后也会好的，是不是？"

我问："那现在呢？"

她转头缓缓看向我，眼角一片湿润。

"他以前对我很好的，没有你的时候他对我真的很好，要是没有你，要是没有你会不会……"

我没有说话，只是深深看着她，眼里写满了哀伤。

我原以为这颗心已经不会再痛了。

她猛然清醒，意识到自己说了什么，抱住我，摇头解释："清清，妈妈不是那个意思，妈妈没有那个意思。"

直到我睡着，她都在低声自言自语。

第二天下午，放学回来。

家里一个人都没有。

我推开卧室的门，妈妈穿着崭新的白裙子，闭着眼静静躺在她和爸爸的婚床上，头顶的墙上挂着他们的婚纱照。

鲜血顺着妈妈的手腕一点一点往下滴，快要滴干了。

地上是一摊半干的血迹。

身体也变得僵硬。

妈妈自杀了。

她死在自己给自己编织的梦里。

爸爸的心早就空了，可妈妈总认为下个春天它就会发芽，最后聚满的期待落空，身和心一起死的反而是她自己。

真正的道歉是悔改和补偿，嘴上的道歉只是苦肉计，所以爸爸根本不值得被原谅。

但是妈妈从来都听不进去。

这年我十一岁，以后就再也没有妈妈了。

从此生活的风雨都向我袭来。

爸爸的怒火也由我一人承担。

再也没有人抱着我入睡，再也没有人会喊我清清。

属于妈妈的馨香不见了，取而代之的是满屋子的烟酒臭味。

妈妈走后，爸爸不但没有伤心，反而怒骂她不知好歹，连个体面的葬礼都没有为她举办。

每一次我被他酗酒后的拳头打倒，随之站起来的是对他彻骨的恨意。

他打我，我就报警。

我曾天真地以为报警可以解决所有问题。

但是他被关个三五天，出来之后的怒火更甚，下手一次比一次狠。

我被打到吐血，被打到短暂性失明。

无数次头晕目眩间，我一度以为自己会死掉。

可悲的是，没有。

可能是因为，他应该死在我前面。

我恨他，我更恨我自己。

我恨我自己为什么会这么懦弱不敢还手。

我恨我自己为什么看见他就会忍不住浑身发抖。

我恨我自己为什么会怕一个连畜生都不如的东西。

这种恨意支撑着我摇摇欲坠地活下去。

日子过得就像一摊烂泥。

散发着令人厌恶的气息。

因为家里穷，没有妈疼，没有爹管，成绩一般，沉默寡言，我成了班里被同学欺负的对象。

有群女生把我当成口中的谈资，一边孤立我，一边嘲笑我。

语言上的暴力，伤害其实丝毫不亚于行为暴力。

她们没有动手打我，却一样让我浑身发抖。

课堂上，我回答问题，她们目光鄙夷，说我声音真贱，故意夹起来说话。

下课后，我去卫生间，她们大声讨论，说我姿势奇怪，故意扭着腰走路。

在我背后贴纸条，扔我的作业本，起各种外号羞辱我。

她们笑我穿得很奇怪。

可她们不知道胸部刚发育时，我自己摸索着经历的害怕，羞耻和无奈。

我没有妈妈教。

不知道这个年纪她们穿的都是少女文胸。

为了省钱，我穿的是妈妈的内衣。

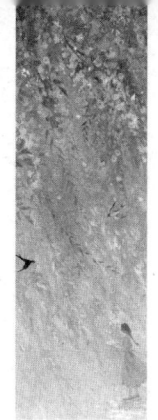

4

校园霸凌，我不是唯一的受害者。

教室垃圾桶旁边坐着一个智力低下的男同学。

他家境不好，和我一样是走读生，但是他有个十分疼爱他的奶奶。

每天的衣服干干净净，虽然带着补丁，但闻起来香香的。

他的书包里，每天都有他奶奶给他煮的鸡蛋和饭团。

如果说，那些女生对我还有所收敛，那对他来说，某些男生就是恶意的倾泻。

仗着那个男同学单纯，他们把他骗到厕所里，让他喝脏水脏尿；他们一面骂他傻子，一面又抢走他仅有的零花钱；他们把全班的值日活动都丢给了他，威胁他只有把活干完才能回家。

他们说，这是朋友之间的善意玩耍。

他信了。

没有人在意他叫什么，大家都称他傻子。

于是傻子每天上学的第一件事，就是把自己的零花钱上供，把这群"大爷"伺候舒服。

他舍不得浪费，即使鸡蛋和饭团被他们踩烂了，他也会吃干净，然后带着一身脚印回家。

他奶奶年纪大了，只能每天多捡点垃圾卖钱，多给孙子些零花钱，让他过得好点。

为什么我会知道？因为我捡垃圾时碰到过他奶奶。

她是一位很和善的老人，眼神慈蔼，和那个傻子一样。

可是人善被人欺。

我自身难保，能做的只有在他被拖进男厕所时喊一句，"校长来了"。

为什么不喊老师来了？因为老师管了也没用。

在他被踩一身脚印后我会帮他掸掉身上的灰尘，确保回家不会那么明显。

冬天放学后我会帮他打扫教室，让他先回家。

因为天黑得早，他奶奶会担心。

我和他不一样，家里没人等我，他却有人为他亮着一盏灯。

没有避风港的小孩是不会期待回家的。

久而久之，我发现其实他没那么傻。

他叫安齐，一个很好听的名字。

他分得清谁对他好，谁对他不好。

在我帮他忙时，他会和我说谢谢，然后第二天也给我带一份早饭。

他每天都有一根火腿肠作为零食，以往他都是没进学校就偷偷吃了，后来他会带到学校里偷偷和我分享。

他一半，我一半。

因为他们都笑他脏，所以他把吃的递给我时，眼里闪着小心翼翼。

他说："我不脏的，这些很干净，你别嫌弃我。"

他说我是他的好朋友，班里唯一的朋友。

他说如果他不听话，他们就要去欺负奶奶。

因为我和他走得近，所以我成了班里的第二个傻子。

从此我不再叫唐河清，我是他们口中频繁出现的唐傻子。

他们说唐傻子和真傻子真配。

他们说两个傻子在早恋。

他们在我的作业本后面写上，"傻子的老婆"。

问我什么时候嫁给那个傻子。

他们张狂大笑，犹如一个个从地狱里爬出的魔鬼。

少年的善与恶，泾渭分明。

初二下学期，班主任换了，是一个年轻的女教师，姓李。

在她身上我看到了课本上所说的"传道授业""经师人师"。

她很严厉，但也很公正。

她什么都管。

每周都开班会，强调严禁任何形式的校园暴力存在。

和她告状是有用的。

于是，我不再被开低俗的玩笑，安齐不会再带着一身伤回家。

他很开心，他说为了感谢我帮他告状，明天给我带一整根火腿肠。

　　我说好，那我明天也给你带个小礼物。

　　我们都在为迟来的正义欢呼。

　　安齐喜欢学校南门口卖的气球，特别是懒羊羊造型的。

　　可是他的零花钱都被抢了，他只能看不能买。

　　于是，第二天我早早来到学校。

　　五块钱的气球，我用省下来的钱，给他买了两个。

　　我等了很久。

　　那个位置始终是空的。

　　直到班主任哽咽着在教室里通知大家：

　　"同学们过马路时一定要小心，今天早上，安齐同学不幸被闯红灯的货车撞了，司机肇事逃逸，他当场不治身亡……"

　　一瞬间，各种目光投向我。

　　我呆滞地坐在位子上，大脑僵滞到无法思考。

　　等回过神，才发现泪水早已打湿了面颊。

　　明明，明明昨天还好好的啊。

　　我们还没来得及庆祝。

　　我们还没有过几天好日子。

　　我还没有把他喜欢的气球送给他。

　　我还没有告诉他，他也是我唯一的好朋友。

　　怎么一切就来不及了呢？

　　他奶奶来学校收拾他的遗物，老太太眼眶红肿，手都在发抖。

　　我帮她把东西搬上三轮车。

　　她泣不成声，颤抖着从口袋里掏出两根焐热的火腿肠，放到我手心。

　　"小齐他说，他说他今天要给他最好的朋友一根火腿肠。从昨晚就开始念叨，让我早上提醒他。

　　"你是个好孩子，谢谢你照顾小齐这么久。

　　"他这辈子啊，算是没什么福气，走在我这个死老太婆前面。"

　　我站在路的这一端，看着蹒跚的背影艰难又缓慢地推着三轮车，身上空荡荡的衣服在风海中飘摇，仿佛是下一秒就会倾覆的木舟。

　　两边的车把处系着懒羊羊气球，在天上摆动。

　　一晃一晃，像是安齐在跟我告别。

　　直到最后一抹身影消失在小路转弯的地方。

　　我眨了眨干涩的眼。

　　冬日午后，阳光刺得人眼睛生疼。

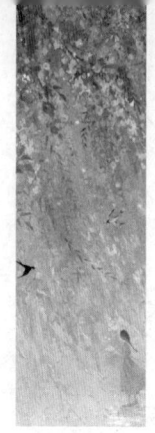

5

垃圾桶旁边多出来的桌子撤了。

教室看上去满满当当，甚至看不出来少了个学生。

一切渐渐恢复平静。

安齐从活在他们口中，到活在我的记忆里。

他的好日子没过多久，我的好日子也没能过多久。

上了初三，学业紧张，班主任替我向学校申请了免费住宿的名额。

我刚住进去的第二天晚上。

正在教室上晚自习，李老师在讲台上分析数学试卷。

我爸一身酒气闯了进来。

"唐河清在哪儿？"

看来他又是输了钱心里不痛快，想打我撒气。

我握着笔的手紧了紧。

李老师放下试卷，错愕之后，语气冷静。

"这位家长，麻烦您出去，现在正在上课。"

严肃的语气不知道又戳中我爸哪个痛处。

他大臂一挥，一股脑儿将讲台上的东西甩落在地。

手指几乎要戳到老师额头。

"敢叫老子出去！你是个什么东西？

"还真把自己当个人了。"

作势扬起手。

李老师平时再严肃，也不过是个二十岁出头的女孩而已。

遇到这种无赖，她怎么会不怕？

她整个人胸膛都在剧烈起伏，指尖紧紧抠着讲桌边，由于过度用力甚至泛了白。

这是我最喜欢、最尊敬的李老师啊。

她会借着鼓励的名义，私下偷偷给我送文具。

她会跟主任据理力争，就为了给我分一个贫困生补助名额。

她看到我中午光吃大白菜，会默不作声把自己碗里的鸡腿夹给我。

她会处处关心我在班里的处境，生怕我受了什么不公平的对待。

可是现在，她却因为我在受委屈。

刹那间，不知道哪里来的勇气，我疯了一样冲上去。

一把拽开老师，挡在她身前。

尖叫着让我爸滚，我骂他是畜生。

响亮的耳光，落在了我的脸上。

力道大到我半边脸几乎麻木，嘴角也缓缓渗出血迹。

耳朵一阵接一阵地轰鸣。

脑海中第一个念头是，还好，还好挡下了。

只是抽屉里我给老师叠的花，送不出去了。

今天是教师节。

但我好像，不配当她的学生。

畜生被迟来的保安带走了。

我缓缓抬起头，从四周投过来的目光，说不清道不明。

他们明明什么也没做，我却感觉自己已经被扒光了。

这一巴掌，打碎了老师的威严，也打碎了我的自尊，随之一起被扯下的还有我最后的保护伞。

校长找到老师，说我住校会影响其他同学的安全，建议我还是继续走读。

老师还想开口为我辩解，我却没脸再承受她的付出。

我答应当晚搬出去。

这时候庆幸自己东西少得可怜，都不用老师帮忙，自己一个人就能搬动。

我看着外面漆黑的夜。我知道，从明天开始，我的好日子就结束了。

而我回家后，也会迎来第一次反抗之后的苦果。

我背着行李站在路口，设想过去又幻想未来，过去和未来在此刻交织，凌乱在初秋的凉风中。

恍惚间，我陷入一种错觉，我这一生都将会是一段难行的泥泞路。

然而当下的生活还在进行。

于是，在这条苦难的河流里，我划着我的断桨继续出发了。

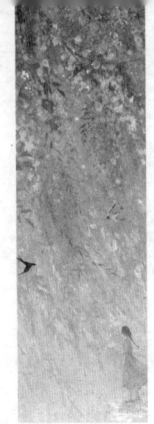

6

对付暴力最直接的方式，就是以暴制暴。

以其人之道，还治其人之身。

我裹着单被，在桥头吹了一夜的风。

天色渐明时，脑海中闪过一双眼睛。

黑如点漆，冰冷锐利。

半年前。

这个小镇搬来了一户外地人。

他们在平安巷的最深处开了一家文身店。

听说，母子俩，一个是不要命的小混混，一个是不讲理的疯婆子。

我爸一向欺软怕硬。

有次他在外面喝醉了发酒疯，骂巷子里的疯寡妇也是个小骚货，人尽可夫云云，骂得很难听。

这话传到了小混混的耳朵里。

那天晚上，人高马大的我爸被人像拖死猪一样拖了回来。

整个人被揍得鼻青脸肿，满嘴的血水里掺着两颗碎掉的门牙。

男人身形高大，逆着光看不清脸。

随手把人扔进院子里。

上前，脚掌用力碾过我爸的指尖，语气阴戾。

"老赌鬼，以后再敢让我听见你这张嘴对我妈不干不净，舌头就别要了。"

我爸狂点头，不敢发出一点声音。

我躲在门后，透过门缝，霍然和那双幽深凌厉的眼睛对视上，男人意味不明地从喉咙深处溢出一声轻笑。

等回过神，对方已经走了，而我的后背一片冷汗。

晚上，我假装睡着，听我爸在隔壁哀号咒骂了一整夜，心里竟有种隐秘的快感。

小混混下手狠。

我爸三天下不了床，连打我都没那么有劲了。

后来，我怕惹祸上身，每次都刻意避开那条巷子走，从没和他有过接触。

能治得了我爸的，除了他我想不到其他人。

于是，天刚蒙蒙亮的时候，我第一次踏进这条小巷。

石板铺就的小路边缘趴着软绿的青苔。

尽头处是一栋两层小楼，斑驳的老墙面被修整过，刷着干净的白漆。

楼前一小棵桂花树正值花期，空气中都是淡淡的香。

我深吸口气，推门。

入眼是客厅，墙上挂着各种各样的手绘。

男人背对门，穿着白色工装背心，手臂肌肉紧实。

一只手指尖夹着烟，另一只手在工作台上整理工具。

听见声响，他弹了弹烟灰，继续手下的动作，语气淡淡地道："现在没到时间，不营业。"

我知道，门口牌子上写着15:00—24:00。

我想说，我不是来文身的，却发现连把嘴张开都异常艰难。昨晚的伤忘了处理，嘴角黏在了一起。

"你下午再……"

他转过头，手里的烟都抖了一下，黑眸定定地看着我，好一会儿，低声骂了句。

还没等我思考为什么，就传来一个声音。

"儿子，蛋炒饭吃不——哎哟，我就说今天起早了，见鬼了见鬼了。"

女人刚露个头，就连忙拿着锅铲冲回厨房，快得只看清一片衣角。

意识到什么。

眼前递来一面小镜子。

男人抵了抵腮，将烟摁灭，一副不想多说的模样。

我接过一看。

镜子里，少女面色苍白，披头散发，眼底一片青黑，偏偏眼睛又大，半边脸肿得老高，嘴角还挂着干涸的血迹，身上的校服红白相间。

还是大清早出现。

怎么看都有些惊悚。

刚刚没被打，算他脾气好，算我走运。

我尴尬地搓了把嘴角。

他伸手捡起沙发上的皮衣，三两下套在身上。

"你下午也不用来，我不给未成年人文身。

"尤其是离家出走的叛逆小孩儿。"

他误会了。

我摇头，从兜里掏出皱巴巴的十块钱，慢慢放到桌上。

"听说你收保护费，那你……能不能保护我？"

他不轻不重地扫了我一眼。

"你看我像混混吗？"

我大着胆子仔细瞧他的模样。

出乎意料的年轻，眉眼冷峭，长睫浓如鸦翅。

很好看，也很凶。

尤其是面无表情的时候。

不仅像混混，更像混混头儿。

心里这么想，嘴上不知不觉就说了出来。

他扭了扭脖子，嗤笑出声。

"胆子倒挺大，谁家小孩儿？"

"就，最西头那家的。"

他想了下。

"唐世国是你爸？"

"也可以不是。"

他似乎嫌低头跟我说话脖子酸，转身坐在沙发上。

"那晚你不是也看见了？

"我打了你爸。"他说着拿起桌上的水杯。

"那你要打我吗？"我问。

"你欠打？"他反问。

我果断摇头。

"我爸欠，我不欠。"

他掀了掀眼皮。

"那不就得了。"

他的意思是不会对我动手。

不知道为什么，我就是相信他说的话。

见话题岔远了，我把桌上的十块钱，又往前推了推。

或许是我对我爸被打这件事表现得太过淡然，或许是我对向打我爸的人求助这件事又表现得太过执着，他诧异地说道："不恨我？"

"恨。

"恨你怎么没把他打死。"我想都没想地道。

对面的人猛地被呛住，咳了好几声。

他捏着杯子。

"不是，你想让我怎么保护你？"

"把我爸打死。"

一半气话，一半真话。

他水也不喝了，直接把杯子放桌上。

"人不大，路子倒挺野。"

我心里没底，只好退而求其次。

"那把他打残也行。"

他揉了揉眉心，没好气道："这活接不了。"

本来就没抱多大希望，但是当听到否定答案时，还是会失望。

心慢慢沉了下去，感觉上气不接下气，头也发晕。

视线渐渐模糊。

下一秒，我就向前栽了过去。

隐约落入一个仓促的怀抱里。

男人气极反笑。

"我晕，一大早遇上碰瓷的了。"

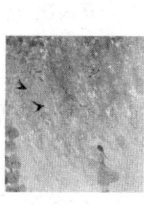

贰

向着月亮去吧，
即使无法抵达，也会落在星辰之间

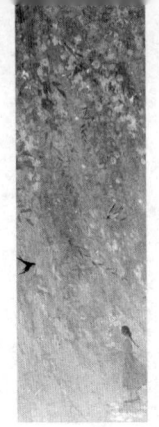

7

昏昏沉沉。

好像睡了很久。

鼻息间是消毒水的味道。

嘴角凉凉的，似乎不肿了。

右手被温暖的掌心轻轻握着，莫名有几分怜惜的意味。

耳边是男女的低语声。

"死小子，人小孩儿晕倒有一半是你吓的。"女人的声音带着责备。

"我简直比那窦娥还冤。"男人声线懒散。

"冤什么冤？医生刚刚怎么说的，高烧、情绪激动、长期营养不良加低血糖，前两个你敢说跟你没关系？人都快烧熟了，你搁那东拉西扯的。"原本温柔的女声陡然高了八度。

她像是气不过，掌心动了动，起身给了男人一重锤。

"嘶。"男人故作痛呼。

随后熟悉的气息靠近，我的右手又被温热稳稳托住。

"你不知道我刚刚给她换病号服，那身上啊，瘦瘦巴巴，全是青紫，没一块好肉。"耳边的声音顿住，有些哽咽，"这小孩儿，受老罪了啊。"

男人散漫的声线收敛，倏然多了几分凌厉。

"唐世国真是个彻头彻尾的畜生，亲闺女都下得了狠手。

"早知道那天真弄死他得了。"

"周海晏！你安稳点行不行？"

似乎是触到了双方的禁区，两人都没有再开口。

一时间，病房里安静得过分。

冰凉的药水顺着右手背上的针头，渐渐融入体内。

原来他叫周海晏。

模模糊糊中，我想到一个词："河清海晏"。

"河清海晏，时和岁丰，国泰民安。"

李老师夸过我名字取得好。

周海晏，他的名字也好。

他爸妈一定很爱他吧。

我的名字是我出生那天，我妈让我爸取名，他不耐烦地随手指了指田埂旁的小河，说水挺清的，就叫唐河清。我妈也就这么答应了。

直到遇到了李老师，经过她的解读，我才知道一株野草也能开出花。

耳边的声音慢慢变得朦胧。

药力作用下，我又睡了过去。

再醒过来的时候，已经是下午。

"家长按一会儿，别出血。"

最后一瓶点滴打完了。

护士拔完针，对着身旁站着的男人招呼。

周海晏随手拖过一张凳子坐下，粗砺的手指按压上手背的胶布处。

力道不轻不重。

我伸手往回缩了缩，想说我自己来。

一开口，喉咙干涩带着苦意，嗓子哑得像只失音的鸭子。

他按住我的手，从床头桌端过一个纸杯递给我。

"你可歇歇吧，嗓子被炮轰了一样。"

无法反驳。

我用左手接过。

抿了口，水温正好，甜滋滋的。

是糖水。

我慢慢眨了眨眼，将糖水在嘴里含了会儿，才咽下去。

房里就我和他，不知道说什么。

我只好低头有一口没一口地喝着。

过了一会儿，男人见时间差不多了，松开手。

"等下带你去拍个片子，检查耳朵。"

我下意识地抬眼摇头。

"不用。"

我存钱罐里的钱，勉强能付得起输液的费用。

至于检查，那太贵了，我负担不起。

嗓子失音说了半天，两人大眼瞪小眼，迷迷瞪瞪的。

我这才想起来。

于是用手比画，手语说话并用，就怕他看不懂。

结果他寻思半天，皱着眉道："你搁这演哑剧呢？呀呜呀呜的，看不懂。"

我急了。

伸出左手食指和拇指交错搓了搓，指了指我自己，摆摆手，再指向他。

这应该够清楚了吧？我说我没有钱给他。

见他恍然大悟，我松了口气。

他说："你说要把你的心送给我，然后又不想送了？"

我一噎。

一口气上不去下不来。

这个理解好离谱哦。

"行了行了，你小子别逗人小孩儿了。"

门被打开，那个熟悉的女声走了进来。

是周海晏的妈妈。

早上匆匆一面，没能看清。

两人的五官其实很像，但是她看起来就很婉约柔和，不像周海晏，凶巴巴的。

她没好气地把周海晏从凳子上挤下去。

逗我的？

我趁机偷偷看向他确认。

男人转开眼，摸了摸鼻梁。

什么嘛，还真是。

周阿姨把手里的保温桶放到桌子上，打开。

一股米粥的清香瞬间飘荡在整个屋子里。

她探了探我的额头，笑道："来，刚退烧，喝点清淡的，等好了咱再吃大鱼大肉。"

我看着面前炖得软烂的白粥，一边咽了咽口水，一边又面带歉意地摇头。

我没什么能回报给他们的。

我拥有的东西太少了。

"一天没吃饭怎么行？乖，听话。"

我低着头抠手不说话。

她叹了口气，转头一巴掌就拍向周海晏后背，声音大到我猛地一震。

"都是你小子，人小孩儿肯定又被你吓的。"

周海晏神情又无辜又无奈。

"行行行，是我是我。我身上背的锅，都可以用来炒菜了。"

"她不吃粥，你就吃不了兜着走。"

周阿姨努嘴向我示意。

"清清，我揍他了。"

周海晏啧了声，端起边上的碗，拿勺子搅了搅，俯身压近，锋利的眼睛里带着几分违和的乞求。

"祖宗，吃吧，我俩无冤无仇的，再让我挨两下你心里过意得去？"

我没忍住笑出声，接过碗，一口一口吃着。

"慢慢吃，不急。"

可能是粥太烫了，烫得我眼眶灼热。

泪水从脸颊滑落至嘴角，咸咸的，我用力想憋着却怎么也憋不住。

我怎么会不懂他们的用心呢？

我家隔壁邻居就这么哄四岁小孩儿吃饭的。

可我早就不是小孩儿了。

就算是小孩儿的时候，我妈也没这么哄过我吃饭。

我爸讨厌女孩，他不让我上桌吃饭，所以我从来都是夹些菜自己到角落里吃。

肉夹了两块，他的筷子就会打到我手上，说我贪嘴自私。

饭盛得满了，他的巴掌就会落在我脸上，说我好吃懒做。

我每次吃饭都是狼吞虎咽，害怕吃得慢了，下一秒碗就会被我爸摔碎而没得吃。

我妈以前还和邻居夸过我，说我从小吃饭就不用人愁，像小猪一样。

她啊，从来都只看得到自己想看的。

我的眼泪像断了线的珍珠，簌簌落下。

怕他们发现，我忙低头，就差把脸埋在粥里了。

我以前真的不爱哭的。

男人拽着几张抽纸，要给又不敢给，吞咽了下，声音紧绷。

"妈，这回应该是你粥熬得不行。"

……

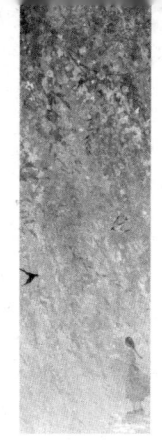

8

我把粥喝完的时候，眼泪也终于止住了。

"好喝吗，清清？"周阿姨眼神期待又忐忑。

我展开笑容，重重点头。

她舒了口气，转头又给了周海晏一重拳。

"死小子，老娘做饭什么时候失手过？"

周海晏捂着胳膊，眼神幽怨。

我忍不住扬了扬嘴角，意识到这样不好，又很快压了下去。

男人视线意味不明地扫过。

周阿姨去卫生间接了盆水，拿来带着热气的毛巾，柔柔擦过我的脸，在双眼处多敷了会儿。

"哭成这样，变成一只漂亮的小花猫了！"

我抿了抿唇，耳尖红红的。

她说："等会儿啊，咱们去做个小检查，医生说你右耳有些发炎，就去拍个片子，不疼的。至于费用，那小子害你住院的，他钱多着呢，他能不掏？他这么大人，做错事不承担责任，我都要替他羞愧。"

周海晏在收拾碗筷，头也不抬："对对对。"

拍片子很快。

医生看着灰白的影像，语气凝重。

"这小孩的右耳先前受过伤，时间拖得太久，耳膜穿孔没有及时得到治疗，现在又多次受到重力击打，伤上加伤。情况复杂，只能说，先吃药把目前的炎症减轻。"

"动手术能治愈吗？"周阿姨眉头紧皱。

"手术成功率很低，不建议。"

似乎是谁也没预料到的结果。

从医院出来后，大家一路沉默。

可我不想他们因为我而不开心。

右耳的听力在慢慢下降，这是我很早就发现的事情。

五岁那年，我爸的一巴掌导致我耳膜穿孔。

我妈要带我去医院，但是在半路上钱都被我爸抢去赌博了。

他说我没那个娇气命倒是有娇气病，芝麻大点事成天往医院跑。

我妈懦弱，她只会抱着我哭，然后让我吃两颗消炎药。

一开始耳朵是疼的，疼到整夜都睡不着。

总觉得里面又肿又胀，还会发烫。

我抱住妈妈说我难受，她拍拍我的背，让我赶快闭眼睡觉，说睡着就没事了。

我试了，但没有用，疼痛反而被放大了一样。

我说："妈妈，我还是好疼。"

她眼神中没了怜惜，反而多了不耐烦和怀疑。

她说："我赚钱不容易，你能不能别这么娇气不懂事。"

可我真的没有撒谎，真的好疼好疼啊。

但没人理会我。

所以我只能忍，忍到把指头咬出血，忍到把虎口处咬青紫。

这种方法是有用的，后来真的不疼了。

因为疼痛已经成了习惯。

一个又一个漫长难挨的夜晚，一次又一次提醒着我，我是一个没有人心疼的小孩。

可如今这份迟来的心疼竟然在他们身上看见了。

这份认知几乎让我胸口闷得喘不过气。

我长呼几口气，把情绪憋了回去。

脸上挂笑，声音还是有些沙哑。

"其实和正常人没什么区别。而且，一只半的听力真的很酷！"

周阿姨偏过头，眼角一片汹湿。

周海晏从兜里抽出手，捂住我的耳朵，声音低不可闻。

"嗯，确实很酷。"

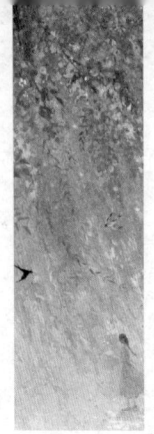

9

平安巷太深了，所以站在巷口看和走进去看，是完全不一样的。

我原以为周海晏像他们所说的，是个收保护费的小混混，所以才会去找他。

可是，真正接触过后，我发现不是那样的。

他是好人，他妈妈也是。

他们都是很好很好的人。

鼓起勇气的孤注一掷就像泄了气的皮球，又瘪了回去。

我身体里流着唐世国的血。

生逃不开，死也脱不了，注定要永远磋磨。

回去的路上，周阿姨紧紧牵着我的手，周海晏拎着医生给我开的药，走在我们后面。

温馨得就好像，我们是一家人。

我多希望这条路没有尽头，可以这么一直走下去。

但我知道，这是不可能的。

等到了小巷，幻想就该结束了，我没有理由再继续待着。

有些说不上来的难过。

我打算把门口的行李拿上，然后回家。

至于回家后，等待我的会是什么，我不知道，只觉得想想就开始呼吸困难。

奇怪的是，我在门口来回找了三遍，也没找到我的包。

"不进来，在门口找魂？"

大概因为我耽误了工作，周海晏一到家就开始画稿。

两条长腿一前一后地撑着凳沿。

我小声道："找一个包，就那种编织袋。"

他竖起笔往上面指："在南边向阳那间房，我妈给你收起来了。"

"啊？"

还没等我问个明白，周阿姨从厨房走了出来，搂过我的肩："清清呀，汤刚炖上，我给你在楼上收拾了一间房，走，去看看合不合心意。"

听懂什么意思后，我连忙摆手。

"不用的，不用的，阿姨，我马上就回家了。"

"回去干吗？找打啊？"

周海晏头也不抬。

"什么时候养好了什么时候再回去，别出门又倒了，我周海晏再被人戳脊梁骨，说我连小孩儿都欺负。"

周阿姨附和："对对对，先住两天，养养身体。"

我怔然，天上掉了个大馅饼，把我砸得晕乎乎的。

半推半就地，就这么上了楼。

房间整齐精致，有独立的衣柜和写字台，床上还铺着崭新的碎花四件套。

一盆珠圆玉润的小多肉，在窗台悠悠地晒着太阳。

或许是氛围太好，连沙发上的土黄色编织袋，也衬得明亮起来。

我呆呆地站在门口。

"还是太单调了些，时间赶，女孩子的房间应该花些心思，你住进来阿姨再慢慢装饰。"

不，已经很好了，好到有些不真实。

我从来没有住过这么漂亮的房间，记忆里一直都是那个阴暗不见光的杂物室。

或许我该拒绝的，可是莫名舍不得。

晚饭时，周阿姨把最后一道冬瓜玉米排骨汤端上，放在了餐桌中间。

三菜一汤，每一道菜看起来都很清爽。

不是一锅乱炖。

碗和碟，是成套的，白瓷黑边。

没有裂痕和开口。

我曾在书上看到一段话，大意是民以食为天，一个家庭生活氛围和生活态度如何，从饭桌上就可见得清楚。

如此简简单单，却是我所渴望的却又遥不可及的家。

　　周阿姨让我不要拘谨，爱吃什么夹什么，当成自己家一样。

　　我默不作声地点头。

　　偷偷克制着吃饭的速度，尽量放到最慢，可是碗里阿姨给我夹的菜还是吃完了。最近的那道香菇蒸鸡块，离我的筷子只有不到三十公分，我却动也不敢动。

　　菜吃完了，就不能再夹了，否则就是自私没教养，是不讨人喜欢的。

　　这是我爸妈从小教给我的道理。

　　不喜欢我的人有很多，可我不想周阿姨他们也不喜欢我。

　　我一下接一下刨着碗里仅剩的白米饭，装作一副很忙的模样。不敢停下来，让他们发现我的窘迫和无礼。心里埋怨着自己，刚刚要是再慢一点就好了。

　　最后，连碗里最后一粒白米饭也吃光了。

　　我慢慢把筷子搭在碗边。

　　周阿姨："清清，你这就吃饱了吗？咋吃这么少，怎么够？"

　　我点头："吃饱了，阿姨。"

　　"真饱了？"她一脸担忧。

　　"真的真的。"

　　为了增加可信度，我作势打了个饱嗝。

　　感受到幽深的目光落在身上，我抬头和周海晏对视上。

　　他黑眸定定地看着我。

　　"你只要住在这里一天，这里就一天是你的家，你不用拘束。"

我没深思他话里的意思，赶忙点头保证自己真的吃饱了。

然后借口去楼上写作业。

身后，两人对视良久，周阿姨先叹了口气。

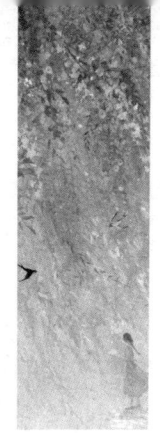

10

不出意料。

吃五分饱的结果是，半夜被饿醒。

胃疼到反酸。

我用手在肚子上乱揉，身体侧躺蜷缩成一团。

按照以往的经验，挨过这一阵就好了。

我开始发散思维，岔开注意力。

今天是周六，明天是周日。

国庆节放七天假，下下周一才去上学。

可我不想去学校，我害怕那些人，更不知道该如何面对李老师。

身下的被子柔软舒适。

我伸手抚平表面的褶皱，轻嗅，上面没有烟酒的臭味，也没有潮湿的霉味，是阳光的味道。

我忍不住勾起嘴角。

今天周阿姨抱了我，她说见到我第一眼就很喜欢我，觉得我哪哪都可爱。

她说，早上她不是故意的，只是胆子小，怕鬼。

她还说我和周家有缘，她以前一直想生个女儿，取名为周河清，一儿一女，寓意海晏河清，万象升平。

只是她没那个福分。

她说这话的时候，语气透露着平静的悲伤。

我不敢追问，因为这是一种雪上加霜。

这世间，本就各有各的隐晦和皎洁。

我不知道是不是老天爷见我可怜，终于肯施舍我几分同情。

如果是，那我想求求他，能不能多同情我一点。

只要一点就好。

让我在这里多待几天。

就当是做一个短暂的美梦。

我在床上又翻了个身，木床板嘎吱响。

这栋小楼有些年头了。

胃难受得我实在睡不着，干脆打开床头的小灯，掏出数学试卷。

动笔没几分钟，房门被轻叩三下。

我打开门。

男人斜倚着门框。

"还不睡？"

"我，我马上就睡。"

他目光直直。

立体的轮廓在光线下半明半暗。

在这样的注视下，我似乎有种被看穿的错觉。

他说："我周海晏没养过小孩，但也不至于蠢到把人饿死。"

我的脸唰就红了，感觉火辣辣的。

千方百计的遮掩陡然被拆穿，露出最难堪的那面。

我紧攥着衣角，不知道该怎么找补。

明明以前从没露馅的。

我没有意识到此时我的嘴唇都在颤抖。

我在害怕，害怕他们会因此觉得我虚伪，觉得我不讨人喜欢。

我慢慢垂下眼眸。

好像，我什么也握不住。

下巴被大手捏住，我仰起头，滴滴晶莹顺着眼角滑落，氤氲一片。

干燥的指腹擦过泪痕，男人轻叹。

"怎么又哭了？

"我在楼下蹲你这么久，正常小孩儿早就下去找吃的了，你倒是能忍。

"你跟你爸是没一点像的，一个就怕给人添麻烦，一个就怕不给人添麻烦。

"再说了，保护费我都收了，你还担心什么？"

我吸了吸鼻子，抬眼望他。

可是他昨天明明没要。

他像是在向我证明，从口袋里摸出那张皱巴巴的十块钱，摊在掌心。

等我看清后，他又放回兜里。

拉过我的手，一步步走下楼，停在厨房。

灯亮着。

高压锅里的排骨汤还在保温。

他说："我妈给你留的。"

我这才意识到，原来我的演技拙劣到这种地步。

可明明十年如一日，我从未被我爸妈拆穿过。

后来我才知道，同样看待一件事情，有些人是用眼看，而有些人是用心看。

"厨艺有限，排骨汤面行不行？"

我点头如捣蒜。

他让我坐下等着。

因为没开油烟机，白雾四起，他伸手把窗户推开一道缝。

面做得很快。

汤碗盛的，很多，一看就吃不完。

"能吃完吗？"

我说"能"。

他又问："多了还是少了？"

我说"正好"。

下一秒，就挨了一个脑锛儿。

不疼，但很响。

他眯起眼再问："多了还是少了？"

我捂着脑门老实交代："多了。"

他这才神色舒缓，把我面前的汤碗移开，换上一只不大不小的粉色挂耳碗。

"以后不够吃要说，吃不完也要说。吃多吃少对胃都不好。"

我点头。

亮澄澄的面条上堆着排骨和玉米。

我小口吃着。

他坐在对面大口吃着那份汤碗盛的。

他问："好吃吗？"

我说："好吃。"

他笑："你倒是挺好养。"

安静的厨房满是食物的香味，晚风穿过窗户吹了进来，胃和心被一寸寸填满。

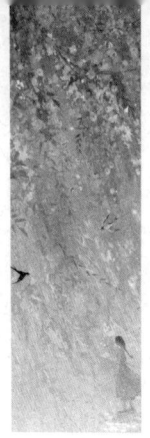

11

　　或许是从来没睡得这么安稳过，第二天我破天荒地睡到了七点多。

　　看到墙上的挂钟时，我浑身血液都凝固了。

　　我妈走后，家里就剩我和我爸。

　　无论春夏秋冬，我都被强制五点钟起床，把家务做完，再去上学。但凡多睡一会儿，叫醒我的就会是拳头和谩骂。

　　我急忙穿好衣服冲下楼。

　　到了客厅才反应过来，这不是在我家。

　　绷紧的神经放松下来。

　　楼下大门是开着的，有人起床了，但四周静悄悄的。

　　回想了下刚刚出房间时，左边阿姨的房门是关着的，门口的地垫贴着门缝，应该是还没起床。而对面周海晏的房间，门大大咧咧地敞着。

　　那起床的应该是他。

　　洗漱完，想到昨晚吃完饭，似乎碗还没刷。

我走进厨房，但洗碗池空空如也，干燥得不见一滴水，餐具在柜子里分好类摆着，就连桌面的抹布都被叠得整整齐齐。

又走到阳台看看有没有脏衣服可以洗，结果抬头一看，一家子衣服连同我的都被挂起来晒了。

我不信邪，拿起门口的拖把，结果地面锃亮，比我的脸还干净。

整个家，竟毫无用武之地。

小混混都这么勤快爱干净的吗？

"起这么早当田螺小孩儿？"

身后突然响起熟悉的声音。

我吓得松开手，拖把歪倒在地。

周海晏穿着运动服，从外面走了进来。

他把手里买的早餐放在桌上，包子、馒头、豆浆、油条都有。

"喜欢哪样吃哪样。"

又走近，将我脚下的拖把放回原位。

然后按着我在餐桌前坐下。

从各种早餐中，拎出一袋每个只有拇指头大小的五彩小馒头。

他漫不经心地道："这个不管饱，你就吃着玩。我看小孩儿都喜欢吃这个。"

五彩小馒头，两块钱十个。

家长们最爱拿这个哄小孩。

我小时候很想要，但我妈嫌不划算，即使每天上班上学路上都会看到，也从来没给我买过。

后来我自己买得起的时候，又过了那个年龄，觉得没有必要了。

小时候的渴望就在眼前，我伸手拿起一个粉色的。

咬了口。

是想象中的味道，淡淡的甜。

我仰头看他，眼睛笑得弯弯的。

"谢谢。"

他愣了下，勾勾唇角。

我拿起最可爱的紫色小馒头，递给他。

"很好吃，你也吃。"

他嗤笑："我又不是小孩儿。"

"不是小孩儿就不能吃五彩小馒头了吗？

"我也不是小孩儿呀。"

他说："人小鬼大。"

然后拉着我的手，一口吞了下去。

还不够他塞牙缝。

吃完饭，我没事可干。

周海晏换了身衣服扎进工作室画稿了。

他让我去看电视，我摇摇头，表示没兴趣。

他让我去写作业，我摆摆手，表示不太想。

他说："那你去把地拖了。"

我说："这个可以。"

他说我八成是发烧烧傻了。

"闲不下来就陪我一起工作。"

然后就给我一张画板和笔，让我坐在他边上，一块儿画稿。

他一拿起笔就像变了个人。

投入又专注，即使是外行，也能看出来他画工很好。

我不行，我可能缺点艺术天分。

画半天，画了三个火柴人，其中一个还缺胳膊少腿。

他什么也没说，看着我的画就笑，笑得眼泪都出来了。

拒绝画画，从我做起。

于是第二天，我就老老实实坐在他边上写作业了。

我、周阿姨、周海晏，三个人的作息可以说相交但不重合。

我早睡早起，周阿姨早睡晚起，周海晏晚睡早起。

周阿姨有很严重的失眠，所以每天睡前都要吃安眠药，一般上午九点醒来，然后去菜市场买菜，回家做饭。

剩下的时间，她喜欢看书，从《百年孤独》《霍乱时期的爱情》《悲惨世界》到《活着》，几乎所有的书她都会翻翻。偶尔也会看一些谍战片，但是看来看去就那几部。她的共情能力很强，常常沉浸其中，默默流泪。

看累了她就会坐在门口，盯着那棵桂花树发呆。晚上九点，她会准时回房休息。

周海晏是文身师，他的工作时间很自由，一楼右半部分是他工作的地方。他早上六点会准时起床，承包所有的家务活，然后出去锻炼身体，七点半左右拎着早饭回来。上午剩下的时间他会不停地画稿，要么就是整理素材。

下午开始到凌晨会有一些客人过来找他文身。他的技术应该很好，即使五大三粗的壮汉全程发出杀猪的吼叫，走的时候也会给他竖大拇指，说下次还找他。

当然，不排除晚上加班到很晚，他白天就会多睡会儿。

我在这个家里就是个闲人，他们说小孩不用干家务活，负责无聊就好。我不喜欢玩电子设备，所以我要么写作业，要么就陪周阿姨一起坐在门口发呆，要么就帮周海晏整理工作台。

我记忆力很好，每个工具摆放的位置和顺序只要看他放一遍，我就会记得。

如果硬要说娱乐的话，那可能是欣赏周海晏的手。

他的手很好看，掌背很大，但形状修长，骨节分明，尤其是工作时戴着黑色丁腈手套，有种天然的吸引力。

每天吃饭时，他都会问我多了还是少了。

一开始，我还是很难张口说实话，会习惯性撒谎，但让我不可置信的是，他每次都能准确无误地识破，然后赏我一个脑锛儿。

就这样一点一点击碎了我的伪装。

他说："你爸妈教的道理全都是胡扯，谁听谁是晚上挨饿睡不着还长不高的蠢蛋。"

不当蠢蛋后，我才发现吃饱的感觉真好，就连睡眠质量都好了不少。

其间，我趁着白天回过一趟家，去拿我的存钱罐。

我爸果然不在家。

邻居说我爸最近走了大运，赢了不少钱，天天见不着人影。

哦，那我希望他一直赢钱，这样他就一直想不起来还有个用来撒气的女儿。

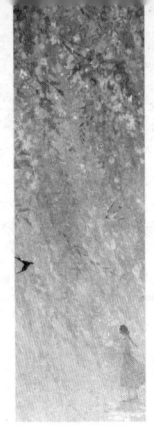

12

晚上，我躺在床上又睡不着了。

不过这次是开心的。

今天周阿姨让我陪她出去逛街，周海晏要跟着，周阿姨让他哪儿凉快哪儿待着去。

然后，她带我去了一家我从没进去过的女性内衣专卖店。

我第一次知道，原来女孩子的内衣可以有那么多种类和颜色，原来青春期的不同阶段要穿不同的内衣，原来内衣空杯是不正常的。

周阿姨不厌其烦地带我试了一件又一件，直到挑选出适合我的。

她手把手教我不同的内衣怎么正确穿戴，如何反扣肩带。

她说："胸部发育是正常的生理现象，这代表着清清在逐渐成长，抬头挺胸，不要害羞。"

她还说："如果内衣选得不恰当，很容易造成胸部问题，尤其是副乳。"

于是，那天我拥有了人生中真正意义上的第一件和第二件少女内衣，是周阿姨送给我的。

可能是她太过细致体贴，以至于店员姐姐感叹，她对女儿真上心。

周阿姨没有否认，只是把我搂在怀里，笑着说："这么乖的闺女，怎么能不疼？"

周阿姨比妈妈，还要像妈妈。

我把脸埋进柔软的被子里，感觉自己快被幸福眩晕了。

以后，我也是有漂亮又舒适的内衣的小孩啦！

内衣。

哎呀！

意识到什么，我噌地从床上坐起。

新内衣还在楼下沙发上！周阿姨说要手洗过才能穿的。

我穿上拖鞋轻手轻脚地下了楼，打算连夜给洗了。

客厅亮着一盏昏黄的小灯，沙发上的男人半个身子匿在阴影里，细白的烟雾缓缓从劲瘦的指尖蔓延开，他却动也不动，宛如被抽离了灵魂，只剩一具躯壳任由其吞噬。

我顿住脚。

他像是有所感知，将烟按灭。

"饿了？"

我摇头，意识到他看不到，又开口道："不是，我来拿个小袋子，里面的衣服忘记洗了。"

"你说那两件小背心？我洗完晾起来了。"

嗯？

我一惊。

余光看向阳台，就见它们在衣架上整整齐齐挂着，潮湿湿皱巴巴的，一看就知道是手洗的。

心里划过莫名其妙的异样感。

他这么勤快干吗？衬得我像个懒鬼。

他拍了拍边上的位置，示意我坐下，不解地问道："不能手洗？"

我托着腮点头又摇头："倒也不是，你手劲大，我怕你给我搓坏了。"

"那我下次小心点。"

彼时在他眼里我只是个没长大的小孩，而我也没有过多的和男性接触的经验，他当我是妹妹，我看他是哥哥，我们都没意识到这件事有哪里不对。

快到十二点了，他催我回房间睡觉。

我不肯。

由于家庭原因，为了少挨打，我习惯性地看我爸脸色行事，久而久之对人的情绪感知很敏锐。

周海晏他现在很不好。

他近乎一个绝望的囚徒，在等待着、守望着什么。

让我觉得，此时此刻，我应该在他身旁。

后来，无数次回想起那晚，我都庆幸自己的直觉是对的。

时钟指到十二点。

　　楼上突然传来开门的声音，周阿姨下楼了。

　　但她好像没注意到我们，直直地穿过客厅，一直走到院子里，停在那棵桂花树下。

　　我以为是梦游，不敢出声，生怕惊扰了她。

　　夜色沉沉，风吹过树叶带动枝梢的风铃，清脆的声音被寂寥无限放大，一下又一下，时缓时急。

　　那道纤细的身影转动，回首举步，踩着铃音起舞，每一个动作都用尽了全力。

　　仿佛所有的生命和期望在燃烧，而她自己甘做扑火的飞蛾，以极其悲怆的姿态葬身这片火海。

　　冷风戚戚，万籁俱寂，我和周海晏坐在门口，默默做这场生命之舞的观众。

　　一舞尽，她身体后仰，像是要交托给另一个人。

　　然而，伴随过度的希望而来的是极度的失望和绝望。

　　身后什么也没有，她狼狈地跌倒在地，双手疯狂捶打着地面，泪如雨下。

　　"为什么，你从不回来看我一次。我是怕鬼，可是我不怕你啊。

　　"你不在，他们都欺负我。"

　　我想上前拦着她，身旁一只大手拉住了我，声音低哑疲倦地道："你去，她就不会醒了。"

　　苦难以同样的方式冲击每个人，而每个人却以不同的方式对抗应对，有人沉溺其中，长眠不醒，有人背上行囊，踽踽独行。

　　释怀是人一生的必经之路。

那晚，直到阿姨哭到虚脱，周海晏才上前把她背回房间。

我拿温热的湿毛巾仔细擦过周阿姨的脸、手，把上面的泪痕和泥灰擦去，但我知道她心上的伤痕我擦不掉。

周阿姨睡着后，周海晏又坐回了沙发，我安静地守在他旁边。

灯光下，男人仰头看着天花板，眼眶发红。

好一会儿，他问："怕不怕？"

我说："不怕。"

传说，树上挂风铃，风吹铃响，逝去之人会循声归家。

我妈刚走时，我每天晚上都会在门口挂一串风铃。

但是整整两年，我都没有梦见过她一次。

反而是我爸，把风铃摔碎一地，警告我不要搞这些乱七八糟的，害得他心神不宁，每晚做噩梦。

所以怕什么呢？

你所惧怕的，是别人日思夜想都难以见到的。

我不怕，但是我难过。

我难过他们明明自顾不暇，却还是尽力给我温暖。

我难过这个世界千疮百孔的同时，却仍有人在缝缝补补。

我难过我们好像被不同的苦难衔在了嘴里，在同一个人世间，跌跌撞撞。

周海晏他心里太苦了，苦到我只是坐在他身边，就能沉浸在他难以言说的苦楚与孤独之中，仿佛站在生与死的界线处，但同时又被两者抛弃。

而我却什么也做不了。

13

第二天周阿姨清醒过来，她记得前一晚的事，面带歉疚地让我不要害怕，她说她不会伤到我的。

她说这话的时候，像极了安齐当年小心翼翼的模样。

我鼻子一酸，可是在我心里安齐不是傻子，周阿姨也不是疯婆子，他们只是在经历旁人理解不了的痛苦。

我说："阿姨你跳的舞真好看，你能教教我吗？"

她一瞬间红了眼眶，然后擦了擦眼角，点头说："好。"

于是那棵桂花树下的身影从此一大一小，不再形单影只。

只是上帝既没有给我打开绘画天赋的窗，也没有给我推开舞蹈天赋的门。

我怎么也学不会，周阿姨手把手不厌其烦地教我一遍又一遍，直到我跳得像模像样。

她说，当年她就是和周海晏的爸爸凭借这支舞认识的，他最喜欢看她跳舞。

因为她喜欢桂花，所以他生前最爱桂花树。

如今死后倒是说不喜欢就不喜欢了。

语气平静。

她有着与悲观相对称的乐观，一个在白天释放，而一个被锁在黑夜里。

这个小镇发生什么事情，几乎是瞒不住的。

流言蜚语，人言可畏。

于是周阿姨去菜市场买菜时，我硬要跟着去。

小镇有两个菜市场，我家在镇西头，去的都是西市场，而周家在镇东头，去的是东市场。

小镇说大不大，说小不小，但我几乎没来过东市场。

东市比西市大，人也嘈杂。

入口处是一个中年男人，面前停着一辆单杠自行车，车两边都挂着大布袋，车头处系着掉了漆的喇叭："收头发，收长头发，剪长辫子，高价回收，头发可以卖。"

他看见我眼睛一亮，拽着我的胳膊就问："小姑娘，头发卖不卖？"

我妈说长头发会吸收营养，所以从小我都是"妈妈牌"狗啃短发，像个假小子。

可我其实是喜欢长发的，所以我妈去世之后，我就不剪了。

四年下来，个子没长多少，但头发很长，到腰那。

他猛不丁一拉，吓了我一跳。

周阿姨下意识地挡在我面前，朝他摆摆手："我闺女的头发不卖。"

然后拉着我就要走。

中年男人急忙拦下："哎哎哎，高价收！两百行不行？"

"三百！三百总行了吧？"

周阿姨想也不想，皱着眉头："多少我们都不会卖的，好好的小姑娘你别打人主意。"

"已经够高了！在别处没这个价！"

不知不觉周围聚了一圈人，都在看热闹。

"哟，这不是巷子里的疯寡妇吗？什么时候多了个闺女？"

"她男人死得早，怕不是耐不住寂寞了，哈哈哈哈。"

"听说她男人早就不要她了，指不定在哪儿跟小三过呢。"

"边上那丫头看着有点眼熟啊，是不是唐老瘪子的闺女，她妈想不开自杀的那个？"

"你还别说，还真是。"

"东西两头最可怜的两个聚一块去喽。"

"三百还嫌少，差不多就卖了吧！贪心不好哦！"

"前天晚上啊，我又听见这疯婆子发神经了，你们谁个听见了？"

"嘘，别说了你们，小心那个小混混。"

一群好事者像堵密不透风的围墙，他们张牙舞爪，明明素不相识，但污蔑诋毁的话张口就来，七嘴八舌轻易定义了一个人。

周阿姨双唇紧抿，牵着我的手都在发抖。

一瞬间，我的心脏好像被什么揪着，愤怒从胸腔窜到喉咙眼。

说我就算了，为什么还要扯上周阿姨？

　　她已经很痛苦了，为什么还要遭受平白无故的恶意？

　　我攥紧了拳头，一个个扫过他们丑恶的嘴脸，挣开周阿姨的手冲上去，用尽全力将他们撞开。

　　"滚！滚！都滚！你们都给我滚开！

　　"你们才是疯子！你们都是坏心肠的神经病！"

　　我没骂过人，根本不知道怎么骂，只能顺着他们的话骂回去。

　　一想到之前周阿姨只能一个人孤立无援地面对他们，我心里憋着的气就更大。

　　人都是这样，软的怕硬的，硬的怕横的，横的怕不要命的。

　　我冲向四周，够到谁撕谁，一边尖叫一边骂，他们怎么骂我，我就一个字不差地怎么骂回去。

　　混乱中，我的头发被人扯下一缕，脸也被抓得火辣辣的。

　　周阿姨为了护着我，外套被人扯坏了，胳膊也被掐了好几次。

　　他们骂我是小疯子，我就疯给他们看。

　　逮到人就吐口水，唾沫星子乱飞，一时间，大家骂骂咧咧又不敢上前。

　　脑海中闪过周海晏那晚揍我爸的场景，动作比脑子更快。

　　快到我自己都没反应过来，我在模仿。

　　我对着他们狠狠啐了一口，表情凶狠："再敢对我妈说话不干不净，你们的舌头就别要了，我咬死你们！"

　　人都是慕强的，而慕强的第一步从模仿开始。

　　我一路上气势汹汹。

　　到了巷口，才脚下一软。

这是我第一次和人打架，也是第一次这么大胆。

周阿姨眼疾手快接住我，嘴唇白得像柳叶微微颤抖。

"疼不疼啊，清清？是阿姨没用。"

"这点小伤压根没感觉，我皮厚扛揍。"我站稳，拍拍胸口，"阿姨，以后我保护你！"

她抱着我又哭又笑。

那天回去，周海晏看到我们一身狼狈，脸色骤沉。

问了周阿姨她也不讲。

我气不过，一五一十把他们欺负周阿姨的事交代清楚。

他听了二话不说，拎着木棍就往外走。

"周海晏你回来！不准动手！"周阿姨厉声道。

他额头青筋暴起，转身怒道："每次都这样！

"那我就眼睁睁地看着你们被人欺负吗？"

她缓缓闭上眼，声泪俱下。

"算妈妈求你行不行？你安稳点。"

无声的对峙中，男人最终败下阵来。

几乎没有孩子能拒绝妈妈哭着提出的恳求。

我不能，周海晏也不能。

周阿姨回房间后，周海晏就坐在门口，定定地看着那棵桂花树，脸上没有任何情绪。

我挨着他坐下，在他耳边小声道："周海晏，君子报仇十年不晚。欺负阿姨的人我都记在脑子里了！"

怕他不信，我掰着手指头挨个数给他听："有个四十来岁的妇女，短头发龅牙，长得像大蒜，她先骂的。穿粉衣服长头发单眼皮的，手里牵着没葱高的小男孩，她趁机掐了阿姨好多下！还有个五十岁左右头发很少的大妈，嗓门大到像放炮，她骂得最脏！

"还有……

"还有……

"最后，有个长头发塌鼻梁脸化得像唱戏的，是她抓的我，还扯了我头发！"

不知道哪里戳中了他的笑点，他侧过脸，忍俊不禁。

"没看出来，还是个记仇的。"

他伸出手，轻轻碰了下我的额头，上面赫然是三道指甲的抓痕。

"疼不疼？"

我本来想说不疼，话到嘴边改成实话："疼，疼死了。还有我头发都被她们薅秃了！"

周海晏伸手揽过我，让我坐在他腿上，然后把我的手放到他头顶："那我让你薅回来。"

手下的触感软软的，我边摸边摇头："冤有头债有主，我要薅那个唱戏的。"

他说："好。"

不知道周海晏私底下做了什么，我和周阿姨再去市场买菜时，遇到的人都客客气气的，再没敢当面嚼舌根，至于背后有没有，那另当别论。

后来问了才知道，他出去转了两圈，但凡家里有点破事的，都被他抖了出来。

　　骂别人不守妇道的，自己出了轨，被丈夫捉奸。骂别人没人要的，自己丈夫天天不归家，在外面养"小三"。骂别人男人出轨的，因为丈夫在外面找女人，自己反倒得了脏病。

　　他拿着录好的大喇叭，走街串巷，循环播放。

　　他说，要是这个镇上有一个人不知道这些破事，都是他的失职。

　　总之，因果报应轮到她们自己身上了，现在个个自顾不暇。

　　如果要做比喻，我总觉得周阿姨就是一棵不高也不壮的树，见证过岁月的痕迹，体会过悲欢离合，有着可以包罗万象的从容气度，看起来弱不禁风，实际树根深藏，盘根错节，风吹不倒。而周海晏则是被一根结实的树藤束缚住的野狼，他暂时收起了利爪和獠牙，身上的血性日渐被树的温柔敦厚所覆盖，但也只是覆盖，那股用不完的狠劲依稀可见。

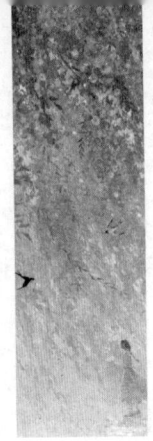

14

痛苦的日子漫长难熬，而幸福的岁月却眨眼即逝。

越接近开学，我就越惶惶不安。

住在这里是幸福的。

可这个幸福是我偷来的，身体现在好得不能再好。

上学就像一个终结的信号，即将打破这些天临时建立的不算牢固的舒适圈。

我急切地想用些什么去加深自己和这个家之间的羁绊。

思来想去，于是我早上五点就起床，偷偷摸摸把家务给做了。

等到周海晏下楼时，我正好把早饭端上桌。

他看了看四周，又看了看我。

"你把我的活干了，我干什么？"

我指着面前的蛋炒饭，笑眯眯地道："你吃早饭。"

他哼了声，拉开凳子坐下。

刨了两口，咀嚼的速度越来越慢。

他抬头语带试探："你觉得好吃吗？"

我低头看了眼已经吃了一半的蛋炒饭，不明所以。

"好吃啊。"

我不挑食，在我眼里饭只要是熟的，怎么做都好吃。

对面拿筷子的手抖了抖，问道："你认真的？"

"真的好吃啊，我还是我们家做饭最好吃的那个。"

我妈做饭一锅乱炖，我爸不会做饭。

可以说，我在我们家是厨艺最好的。

甚至我爸醉酒骂我的时候，什么都骂遍了，也没骂我做饭不好吃。

他倒吸一口凉气："那你们的味觉应该是一起离家出走了。

"说它好吃吧有点对不起自己，说它不好吃吧又有点伤人的自尊心。这么说吧，你这厨艺适合用在饥荒年代。"

"啊？"

他意味深长："有利于抑制食欲。"

如果说周海晏的话还算委婉，那周阿姨就是单刀直入。

她尝了口，眉头紧皱："儿啊，你这蛋炒饭做得不行，下次别做了。"

周海晏不吭声。

我默默插嘴："其实，也还好吧，我觉得蛮好吃的。"

周阿姨说："清清啊，你不用替他找补，这明显色香味全没，给猪猪都不吃。"

我摸了摸鼻子。

我爸最喜欢吃我做的蛋炒饭，怪不得他连猪都不如。

头一次意识到自己厨艺确实不行。

我只好放弃做饭这条路，改想别的法子。

于是，下午周阿姨重看某部谍战片，在她为主角揪心紧张时，我凭借她之前跟我吐槽过的记忆安慰她："没事，等会儿有人救他。"

在她看到反派得逞而义愤填膺时，我拍了拍她肩膀："没事，下一集他就死了。"

眼看我再多说一句，周阿姨就要抹眼泪了，我连忙转移阵地。

工作室里。

周海晏画稿我递笔，渴了我倒水，累了我捶背。

在我第十次往他杯子里加水时，他一把按住我的手。

"真喝不下了。"

放下水壶，我转头拿起毛巾擦桌面。

"桌面都快擦秃噜皮了。"

他把我抱到一旁的榻榻米上，扯过被子盖在我身上。

拍了拍我的脑袋："听话，睡觉。"

……

晚上吃饭时，周阿姨问我是不是明天就要去上学了。

我耷拉着脑袋，点点头。

周海晏问："要送你去学校吗？"

我强忍着鼻间的酸涩，慢吞吞道："不……不用，学校很近。"

真到了分别的时刻，我才发现有多舍不得。

可我绞尽脑汁，也想不到一个可以心安理得留下来的理由。

过了好一会儿，周阿姨轻声道："那清清明天中午想吃什么呢？"

我抽了抽鼻涕，低头扒饭。

母子俩不动声色地对视一眼。

周海晏幽幽地说道："人小孩儿总不能上个学就不回家了吧？"

周阿姨听到叹了口气："唉，那就没人愿意陪我这个老婆子跳舞、逛菜市场了，可怜哦。"

"唉，人生地不熟的，也不知道去哪里能再找一个又乖又聪明，每次把工具收拾得整整齐齐的小助手，可怜哦。"

听到这，我噌地把左手举过头顶，举得高高的，囫囵咽下嘴里的饭。

"我，我愿意！"

我都愿意做的。

或许是情绪没控制好，鼻孔冒出了个泡泡，我吸了口气，泡泡反而更大了。

周海晏一边强忍笑意，一边拿纸给我擦。

"你就是吃得太少，想得太多，别惦记着走不走，安心住，周家养个小孩儿还是绰绰有余的。"

周阿姨说从我住进来那天，她就没想过再让我走。

我呆呆地听着耳边的每一字每一句。

那天，我被前所未有的善意深深袭击了，四肢百骸都软了下来。

15

有人说，生活的真谛就是："打一巴掌给个甜枣。"

那对我，可能就是给个甜枣，再打一巴掌。

晚上睡觉前，我还在想见到李老师该怎么跟她道歉，第二天上学时，却得知李老师已经辞职的消息。

听说她已经怀孕两个多月，但是胎位不稳，所以她丈夫强行带她回家养胎了。

新来的班主任是个中年女教师，温柔但没有威慑力。

于是放学后，我被堵在教室里。

那些女生气势汹汹地将扫帚扔了过来。

沾满污垢的那头，擦过我的脚滚了一圈，小白鞋顿时黑了一块。

"扫不完就别回去了，正好陪我们去厕所里玩玩。"

身侧的拳头紧了又松。

这群人游离于成熟和幼稚之间，喜欢从标新立异中寻找存在感和成就感，同时又欺软怕硬。

私下里常常讨论要认谁谁谁做大哥，不久前还说巷子里的那个小混混最厉害也最难搞，去店里让他给她们文身都没成功。

我拿纸把脚尖的污迹一点点擦干净。

这是周阿姨刚给我买的新鞋子。

"喂！和你说话你听见了吗？"

为首的高个子女生脸色不耐烦。

我抬眸，语气镇定地道："听见了，但我不扫。"

她伸手就要过来扇我。

我躲也不躲。

"扇，用力扇。

"周海晏是我哥，你们今天只要不把我打死，明天就等着被他打死吧。"

她闻言动作一顿，下意识地和周围的人眼神对视，有些犹豫。

这个场景我在心里演练了很多次。

"怎么？不信？

"你们要是不信，要么就跟我回去看看，要么就等明天家长会。

"有种就跟我回去，到时候我把我家门一关，保准让你们叫天天不应叫地地不灵。"

我把狐假虎威演绎得活灵活现，一时间唬得她们不敢不信。

直到我大大方方地走出教室，走出学校，都没人敢追上来。

我猛松一口气。

但口头上的威慑，远不及老虎本尊出现有效。

回去后我就在琢磨，怎么才能让周海晏明天冒充我哥给我开家长会。

晚上，周阿姨休息了，周海晏在给人文身。

我坐在他旁边，撵也撵不走。

热了扇风，冷了盖被，渴了倒水，酸了捏肩，累了捶背。

需要用什么工具，下一秒我就消完毒递到他手边。

来文身的顾客调侃周海晏："在哪儿找了个这么贴心的小助理？"

他低头打雾，手上动作平稳，一本正经道："天上掉下来的。"

客人被逗得乐不可支，连痛感都忽略了几分。

打雾时间长，在机器轻微的嗡嗡声里，我不知不觉趴桌上睡着了。

再醒来是在榻榻米上，此时周海晏的工作正好收尾。

客人走后，他脱下手套，直切主题："有什么事，说吧。"

"啊？这么明显的吗？"我搓了搓脸。

他没说话，但眼里明晃晃写着"你藏不住事儿"。

我支支吾吾道："就是，明天有个家长会，你可不可以去参加？"

怕他不答应，末尾我又喊了句"哥哥"。

他一下子来了精神，唏嘘道："得，有事就知道喊哥哥了，无事周海晏叫得倒欢。"

我心虚地摸了摸鼻尖。

叫阿姨很顺口，但叫哥哥不知道为什么就感觉怪怪的，尤其是我说话带口音，听起来总觉得和母鸡下蛋时咯咯哒差不多。

我只好硬着头皮又喊了几句哥哥。

他嘴角上扬的弧度肉眼可见，一双漂亮的眼睛含着笑。

"行了，我去。"

我松了口气，忙不迭道："哥哥，那你明天穿短袖吧，把大花臂露出来。"

到时候加上他那张凶巴巴的脸，更让她们害怕。

他顿了下，紧盯着我。

"是不是在学校被人欺负了？说实话。"

心底轻颤，犹豫之后还是选择承认，又跟他坦白今天借他吓唬人的事。

"看着傻，关键时候人还挺机灵。"

他点头道："行，这事我知道了，你安心上学。"

见他没生气，我得寸进尺。

"哥哥，那你明天一定要露出大花臂吓死她们。"

他满头雾水："我哪来的大花臂？"

说来奇怪。

虽然周海晏是文身师，但他身上一个文身都没有。

不过没关系，我早有准备。

我双眼发亮，下一秒从兜里掏出五毛钱一沓的文身贴铺在桌上。

"哥哥，你喜欢青龙还是白虎？"

……

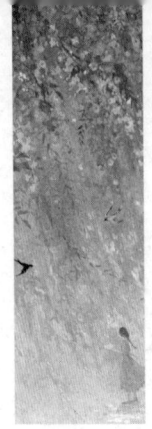

16

其他家长到得差不多了，还没看到周海晏的影子。

我忍不住猜他是不是临时反悔了。

在我第三十次望向窗外时，视线里终于出现了熟悉的身影。

男人穿着黑色的皮夹克，脸上戴着副墨镜，脚下踩着马丁靴，跨着修长有力的双腿大步走来，整个人利落不羁，像是港片里的黑道大佬。

他在我旁边坐下后，原本吵闹的教室顿时安静不少。

我拍了拍胸口，小声道："还以为你不来了。"

他面无表情道："差点，门口保安啰唆半天才放我进来。"

然后他把外套脱了下来，里面是一件纯黑短袖。

露出两条花臂，左青龙，右白虎。

以高个子女生为首的那群人，一直在暗中窥望，纷纷倒吸一口凉气。

效果显著，我偷偷给周海晏竖了个大拇指。

中途休息时，班上有男生盯着周海晏的花臂小声讨论。

"我怎么觉得他这个文身反光？"

"该不会是假的吧？"

我闻言身体一僵。

周海晏靠在椅背上，单手摘下墨镜，满脸不屑。

"一群小屁孩，懂个屁！这是最新型的文身技术。"

我挺直腰杆，跟着附和："就是！他们懂个屁，一群土包子！"

身后一群小男生面红耳赤，互相责怪。

"我就说不是文身贴，你非说是。"

"胡说，我第一眼就觉得不是，是你非不信。"

前脚家长们才被老师叫出去，讨论月考成绩，后脚我的位置上就挤满了人，平时不熟的都凑了过来，似乎忘了以前欺负过我的事。

她们七嘴八舌。

"你哥哥好帅啊！"

我说："他很凶。"

"你哥哥好高！"

我说："他打架很厉害。"

"以前怎么不知道你有个哥哥？"

我面无表情："他到处给人干事儿，走南闯北的，最近才回来。"

……

见她们不说话了，我接着说："我哥脾气大得很，而且最疼我了，要是让他知道谁敢欺负我，保准叫谁好看。"

……

她们被我唬得一愣一愣的，眼神闪烁。

我越吹越上瘾的时候，周海晏回来了，他单手插兜，站在我身后。

我眼珠子一转，一把按住他的手，惊恐地大喊："哥哥，不要冲动不要冲动，有事好商量，不要动手，不要打人。"

一窝蜂地，面前的人散了个干净。

威名一炮打响，而且周海晏似乎还找她们的家长说了什么，再碰到我的时候她们都绕着走。

开心得我饭都多吃了一碗。

然而开心早了。

晚上，周海晏指着我17分的数学试卷，语气幽幽地道："没看出来，还是个小显眼包。"

我顿时脸暴红。

上个月考数学时，她们一直踹我板凳，让我给答案。一气之下，我干脆就写了五分钟，后面都在发呆。

木秀于林，风必摧之。

成绩好，沉默寡言，又无依无靠，只会让我的处境更糟糕，所以我一直让自己保持普通，降低存在感。

周海晏稿子也不画了，端了个小板凳坐我边上，拿起试卷就要教我数学。

我原以为他是开玩笑的，但是越听越震惊，他把复杂的题目讲得通俗易懂，举一反三。

我很惊愕，现在小混混的门槛都这么高了？

或许是我的眼神太明显，他给了我一个脑锛儿。

"看什么看？以我的学历教你绰绰有余。"

我迷茫地道："可你长得不像是会学习的样子。"

他意味深长地道："我看你长得挺像会学习的。"

……

于是，每天晚上他都会抽时间辅导我数学。

我学习还行，但恰巧所有科目中数学最薄弱，就没有拒绝。

第二次月考，我从年级第五百名上升到年级第三名。

他看到成绩单，笑骂道："还真挺会学习，逗你哥玩呢是吧？"

我眨着眼睛，双手合十："没有没有，都是哥哥你教得好！"

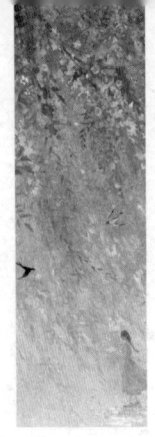

17

有些人挣脱不了自己的枷锁，却能做别人的解放者。

周阿姨是这样，周海晏也是这样。

他们告诉我，十四岁的我还是个孩子，需要的不是强大而是安全和保护。

于是，我不用再起早贪黑地拎着蛇皮袋到处捡垃圾，我可以像别人一样早上睡到六点半再吃一顿饱饱的早餐，而不是担心吃了上顿没下顿。

于是，我不用再遭受半夜里突如其来的殴打，我可以像别人一样带着"晚安"睡个好觉，而不是整晚担惊受怕地用桌子抵着杂物间的门。

于是，我不用再拿头发挡住脸遮遮掩掩地上学，我可以像别人一样扎着高高的马尾一路哼着歌蹦蹦跳跳，而不是畏畏缩缩害怕不知道什么时候就被拖进厕所。

于是，我不用再期待最后一节课能有一个世纪般漫长，我可以像别人一样早早收拾好书包，就等老师一声令下，立马冲出教室，如同期待归林的幼鸟，因为我知道，这次终于有一盏灯为我而亮着。

我从没期盼过自己能优于别人，我只求能做个正常的普通的人。

但他们告诉我，你可以成为一个很优秀的人，你可以去争去抢去努力。

他们说，唐河清你不要怕，只要你回头，身后就是家。

我所缺失的，他们都会一一给我补上。

我从来没有过过生日，也没有听到过一句生日快乐，更不知道自己生日具体是哪天，身份证上的日期是随便报的。妈妈也没有告诉我真正的日期，她说她也记不清了。我只知道自己是1999年出生的。

那天，阿姨给我包了十四个红包，周海晏带我去了十四家游乐园，他们亲手给我做了一个大大的蛋糕，上面插着十四根蜡烛。

周海晏把第一抹奶油点在我额头，说要把他来年的好运都送给我。

闭眼许愿的那刻，我听到了耳边的第十四遍生日快乐。

他们说，之前的十四年就此翻篇了，第十五年是一个新的开始，只要我愿意，以后的任意一天都可以是我的生日。

河清海晏。

老人说，有缘的两个人，名字是可以连起来的。

十四岁的唐河清怕缘分不够深，于是把生日定在了和周海晏同一天：

——六月二十六日。

后来我们年年都一起过生日。

周阿姨笑得合不拢嘴，说没想到她人到中年还能儿女双全。

叁

在过往的时光中，

你是永恒的一刻

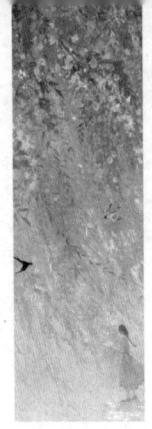

18

老天爷经常会在人深陷绝望时给他希望，却又在他沉迷其中时收回。

在我以为一切向好时，我爸带着一身债回来了。

这两个月，他拿着赢来的钱出去挥霍，见识了繁华便更不甘于现状，忘记了曾经输到家里揭不开锅的教训，只记得唯一一次赢到钱的甜头，觉得自己是龙困浅滩，不想着脚踏实地赚钱，反而做着靠赌博一夜间飞黄腾达的白日梦。

然而他不知道的是，凝视深渊，深渊也将回以凝视。

没有人能靠赌博暴富，我爸也一样。

他在本就一无所有的情况下，再次输到倾家荡产，甚至把家里唯一的老房子卖了，也没填上欠的那个窟窿。

借无可借，卖无可卖，赖无可赖，走投无路之下，他想起来自己还有个女儿。

知道我住在周家，他不敢直接上门，就堵在我上下学的路上。

他见到我的第一句话是："你现在长本事了，谁的大腿都能抱上，但凡你妈有你这么机灵，现在日子不知道有多好。"

算计的目光在我身上上下打量："听说周家那小子和疯婆子都疼你，那你替老子问他们要二十万，就当是上次我被打的补偿。"

他一靠近，我就忍不住浑身发抖。

我掐着手心，强装镇定："二十万，你觉得自己配吗？我反正没那个本事。"

他暴怒，甩手就是一记耳光，即使我已经做好了准备，还是没能躲掉。

熟悉的右耳，熟悉的嗡嗡声。

他恶狠狠地命令我明天必须把钱给他，不然他就弄死我。

我看着他那副穷途末路的模样，不知怎么就笑出了声。

恐惧到极点之后竟出奇冷静。

一旦弱者跳出恐惧的牢笼，从受害者的视角转为旁观者，就会发现原来施暴者也不过如此，本质上两者是一样的，只不过后者善于用武力去掩饰自己的无能和懦弱。

最坏的结果不过是被打死，可是他并不敢，他只是在借着人对死亡的恐惧虚张声势而已。

我平静地说道："要钱没有，要命一条，你可以选择现在就弄死我，不用等明天。当然，弄死我之后，你下辈子就在监狱里度过吧。"

我爸发现他百试百灵的暴力恐吓失去作用之后，马上话锋一转，又开始大打感情牌。

五大三粗的男人，泪眼婆娑扮起了可怜，就差给我跪下了。

"清清，爸爸刚刚不是故意的，只是一时太生气了。你帮帮爸爸好不好？这个世上只有我们两个相依为命了，你难道舍得眼睁睁看着我被逼到死路吗？你妈妈在天之灵也不会忍心的啊。"

自私自利、贪生怕死、花言巧语、谎话连篇、忘恩负义、工于心计等，所有形容小人的词汇都可以用来形容他。

我心里半点触动都没有："那你直接去陪我妈好了，她一个人多孤单寂寞。"

赌徒是没有底线的。

见我软硬不吃，他开始耍无赖。

他三番五次到学校找我，让我没法好好学习。

他到菜市场门口堵周阿姨，污蔑我在周家被虐待。

他甚至到小巷入口赖着，散播谣言来搅黄生意。

可事实上，无论他怎么闹，都不会有人捧着二十万递给他。

因为所有人都知道，赌徒的胃口是填不满的，一旦让他们从中尝到甜头，就会成为对鲜血上瘾的吸血鬼，陷入永无止境的纠缠。

直到我爸再次酒后发疯，嘴里不干不净，这种纠缠才结束。

他说我住在周家沾上了疯寡妇的霉运，给他二十万，以后他就当没这个女儿。

他骂周家都是短命鬼，叔叔是，阿姨是，周海晏是，我也是。

他说短命鬼有钱赚没命花，不如把钱都给他。

他还造谣说叔叔早逝十有八九是阿姨克死的，甚至还诅咒叔叔在地下也不得安息。

一字一句，如同裹上盐的刀片，将伤痛者尚未愈合的伤口一遍又一遍剖开。

周阿姨被气到晕厥。

周海晏额头青筋暴起，发起狠把他按在地上往死里揍了一顿。

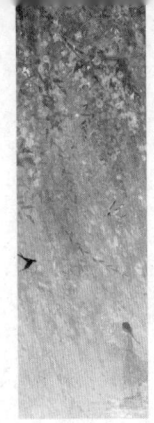

19

当小付警官找上门时，我下意识地以为他是来抓人的。

晚上十一点，周阿姨已经休息了，周海晏还在工作室设计稿子。

我仗着第二天是周六，不肯去睡觉，硬赖着陪他。

想到他晚上没吃多少，我打算施展下练了许久的厨艺，给他做个夜宵。

这时，文身店走进一个年轻男人，长着一张熟悉的娃娃脸。

这个年轻男人我有印象，知道他是个警察。不过不是镇上的警察，而是市局的。

之前我报警的时候，在警局见过他。当时他穿着警服，特地跑来跟接待我的警察了解过我的情况。对我的态度也很友善，言语间满是关心和同情，所以我对他印象挺深。接待我的警察说他是从市局下来这边公干的。

他问我："周海晏现在人在不在家？"

我心里一惊，紧张得很，还以为是因为周海晏打了我爸，所以他要来抓他。

于是我摇头："他出门还没回来。"

结果话音刚落，周海晏就从我身后走了出来。

迎面撞了个正着。

两人沉默对视，气氛一度非常怪异。

时间过了很久，就在我以为下一秒他们要打起来的时候，小付警官倏然红了眼，恶狠狠地道："周海晏，你他妈让我好找！"

男人稍怔，语气友好却疏离，仿佛只是不熟的普通朋友重逢。

"付远，好久不见。"

对面的人冷笑，下一秒就像被点燃的炮仗，破口大骂。

"好久不见个鬼，你摆这副样子给谁看？敢情现在当老板了，就不认识以前的兄弟了？

"我告诉你，你再想甩掉我除非我死！"说着眼泪就像拉开了闸门。

周海晏揉了揉太阳穴。

无奈又嫌弃地把他推到沙发上坐下，扔给他一包抽纸。

"自己擦去。"

小付警官手一甩，当即把抽纸又扔他怀里。

说话断断续续，但又阴阳怪气："出门没带钱，我不敢用，毕竟我们又不熟。"

然后从沙发上站起来："我哪敢坐，我只配站着，毕竟我们又不熟。"

周海晏皱起眉头，厉声道："付远！"

"到！班长。"

"好好说话。"

"好，好的。"

不知不觉中，那股时间带来的距离感逐渐消失，萦绕在他们周身的是熟络的默契。

知道小付警官不是来抓周海晏的，我放下心来，把客厅腾给他们，打算去厨房做饭。

"哥哥，番茄牛腩行吗？我最近跟阿姨学的。"

周海晏还没说话，小付警官抹了把脸，急忙道："可以可以，妹妹，多做点，我也爱吃。"

下一秒就挨了个胳膊肘。

周海晏侧头瞥他："是你妹妹吗你就喊？"

后者理直气壮："你妹妹就是我妹妹，咱俩哪用分那么清！"

直到我进了厨房，还能听到他的叫唤。

"妹妹！记得多放辣！"

厨房紧挨着客厅，晚上周围安静，小付警官又是个大嗓门，两人的谈话声我这个四分之一聋人都听得一清二楚。

"不是，这才多久没见，你从哪儿弄的妹妹？"

"人叫唐河清，别一口一个妹妹妹妹的。"

"什么！唐世国的闺女？变化这么大，一眼没认出来。几个月前看她还瘦巴巴的，见谁都垮着脸，不爱讲话。"

小付警官略作思索："我知道她爸是个混蛋，没想到这么混蛋啊，这纯粹见不得人过得好？二十万他也真敢开口。对这种无赖、赌鬼，要么把他打死，要么把他送进监狱，不然唐妹妹成年前还有一段日子的罪受。"

他顿了顿又说："不可能真打死他，想把他送进监狱也不容易。唐妹妹这种未成年人家暴问题，目前法律还不是很完善，除非造成轻伤或以上伤害，又或者构成严重的虐待罪，这样才能入刑，否则只能批评教育或告诫，了不起治安拘留。"

另一个人没说话，只听到打火机点烟的声音。

原来家暴可以判刑，并不是一味地拘留。

以前从来没人跟我说过，他们都让我忍忍就算了。

甚至后来报警都成了走流程，连拘留都不拘留了，只是口头教育。

只有新来的小付警官，一次又一次，不厌其烦。

我盯着锅底逐渐冒泡的油，拿佐料的手慢慢握紧。

再回神时，锅里已经倒了半袋干辣椒。

随着油温的升高，辣椒的香味被煸炒得淋漓尽致，浓郁到呛得人睁不开眼。

他们连忙冲进来，以为失火了。

结果，三个人在厨房里差点没被呛死。

小付警官惊叫："妹妹实在人，辣得我感觉眼睛要被挖掉了。"

周海晏一边拿湿毛巾给我敷眼，一边踹他。

"去开窗，都怪你多事要吃辣。"

……

那天以后，小付警官经常晚上过来找哥哥叙旧。

虽然大部分时候是前者在讲，后者在听。

但两个人的关系显然很好。

20

我爸的话，给周阿姨带来的伤害很大。

她醒后每天看着桂花树发呆的时间越来越长，我知道她不能再经受过多的刺激了。

哥哥要多养我一个人，负担很重，文身店是他支撑这个家的经济来源，他的生意不能一而再再而三地被搅黄。

而我爸已经赖上周家了。

可无论掏不掏钱给他，都没法从根本上解决问题，只会这样无止境地耗下去。

我享受着他们给的幸福，却要他们承受我带来的麻烦，世上断没有这样的道理。

农夫与蛇的故事可以在任何人身上上演，但绝对不能是我。

"我国目前还没有制定专门的反家庭暴力法，家庭暴力尤其是未成年人家庭暴力问题尚未得到专门的立法保护。*但根据《中华人民共和国刑法》第二百三十四条，故意伤害他人身体的，处三年以下有期徒刑、拘役或者管制。犯前款罪，致人重伤的，处三年以上十年以下有期徒刑；致人死亡或以特别手段致人重伤造成严重残疾的，处十年以上有期徒刑、无期徒刑或者死刑。本法另有规定的，依照规定。"、

这是我在学校机房查到的信息。

现在摆在我面前的，似乎只有这条路。

我没想瞒着他们，只是我固执地认为这是属于十四岁的唐河清的"命运抗争"行动，以非暴力抵抗的方式，挑战、脱离我爸长达十四年的"精神统治"。

所以我故意惹怒唐世国，把自己送上了门。

等到周海晏和小付警官赶到的时候，我浑身是血躺在地上，意识模糊，几近昏厥。

再次清醒是在医院。

全身痛到说不出话。

看着满身的绷带和手腕处的石膏，我以为我成功了。

然而，伤情鉴定报告显示："患者全身多处软组织挫伤，右手手腕骨折，头皮多处擦伤，额头被酒瓶砸伤缝合五针。"

这仅属于轻微伤，而不是轻伤。

---

* 此时是2013年。《中华人民共和国反家庭暴力法》于2015年12月27日通过，2016年3月1日起施行。

实际执行上，轻伤的鉴定标准很高，而我远远没有达到。

小付警官说，我爸被抓起来了，但由于是轻微伤只能追究他的行政责任，而非刑事责任。也就是说他被拘留十天，交五百块罚款，保证以后不再犯，再给我掏点医药费，就什么事也没有了。

是我把一切事情想象得太过美好。

因为我的天真和愚蠢，周海晏第一次对我发了火。

病房里。

从他进门，到居高临下站在床边凝视着我，足足过去有半小时。

这半小时里，他一言不发。

我自知理亏，垂着眼不敢抬起来。

冷不丁地，他开口问道："从昨天到现在，你觉得自己做错了吗？"

他声音低沉，辨不出情绪。

我想点头，但脑袋上裹着纱布，很疼。

我转而轻声道："错了。"

他问："错哪儿了？"

我不说话。

他提高音量："看着我，错哪儿了？"

男人眼底是因一夜未眠生出的红血丝，下巴也生出了青匝匝的须楂。

酸涩与内疚快将我淹没了。

"对不起，错在我冲动给你们添麻烦了，害得你们担心，还白花了很多医药费。"

他寒笑一声，眼神冷得像是一把凌迟的刀。

"唐河清，你根本不知道自己错哪儿了！

"但凡我晚到一步，你现在还能躺在这里吗？你以为自己厉害到了能精准把控人性的地步？你爸疯起来有没有底线你不知道吗？

"你做这个决定前问过我吗？考虑过后果吗？"

男人眼底泛红，质问的声音里带着隐隐的颤抖。

一种说不出的情绪在心底翻滚，汹涌到喉咙处，堵到说不出话。

他顿了顿，平静中带着自嘲："还是说，你根本就没有把我当成哥哥，也没有把这里当作家？"

一瞬间，心像是被人用力扯空了一块，慌张又害怕的情绪如同一把刀，将我割得四分五裂。

眼泪汹涌地滑落，我语无伦次地摇头解释。

"不是这样的，不是这样的。"

我是真的把他们当作家人看待的。

只是他们对我太好了，我不想拖累他们，我也想做点什么。

他盯着我的眼睛，垂在身侧的手指动了动，又落下。

良久，他声音很轻地道："下次别这样了。"

然后转身，走出病房。

我看着他的背影逐渐消失在拐角处，终于忍不住哭出声。

各种复杂的情绪交织在一起，委屈、难过、无奈，如潮水一般向我涌来，它们将我捆住，箍得我全身发痛。

生活没有墙，我却被困在无形的墙里。

对我好的人太少了，我从小生活的环境缺乏温度，缺乏善意。

所以突然有一天，当善意无条件降临时，我渴望又害怕，我不知道该怎么去回报，我天生就不具备坦然接受的能力，我的内心永远藏着自卑和怯懦的种子。

意识到自己是个不折不扣的悲观主义者的这天，我也意识到自己亲手搞砸了一切。

与周海晏及周阿姨的交往就像闯入一座迷宫，当我逐渐走进了他们的迷宫深处，才发现这个家里每个人身上都有着难以言说的苦楚，人人都是矛盾的共同体。

有很多事情他们不想说，所以我就算猜出来了，也会装作不知道。

他们说周阿姨是疯婆子，可是周阿姨是我见过最善良最温柔的人。她只是因为爱人的离世，一直被困在悲伤里没能走出来。

他们说周海晏是小混混，可是周海晏从来没有无缘无故动手打人，他给别人文身自己却从来不文，他很爱干净有强迫症，他成绩很好很聪明。

小付警官喊他班长，他们经常会回忆大学时期。

下意识地脑海中闪过许多片段。

在警局时，曾经听他们说小付警官是"公大"下来的高才生。

所以答案显而易见——周海晏也是"公大"的学生，如果不是中间出了意外，现在会和小付警官一样，是一名警察。

虽然我不知道其中发生了什么，但我知道的是，周阿姨希望周海晏能够安安稳稳，周海晏希望周阿姨能够走出痛苦。

　　而我爸的存在，是对两者的伤害。

　　所以我后悔，但我后悔的是自己没考虑周全，没能把我爸成功送进监狱。

　　我就是个自大的麻烦精，周海晏生气也是应该的。

　　我默默吸了吸鼻子，安慰自己。

　　没关系，不过是恢复原状罢了。

　　这段时间我已经很幸福了，人要懂得知足。

　　因为我本来就是一无所有的。

21

我以为周海晏不会回来了。

所以看见他拎着保温桶出现在门口的瞬间，我睁大了眼睛，生怕这是错觉。

他走近，把保温桶放在床头，没好气地道："小孩儿不听话，教育归教育，总不能扔了吧？"

我一瞬不瞬地盯着他。

眼泪又不自觉地滑落。

他转头对视，唇动了动，憋半天才道："哭哭哭，福气都哭没了。"

语气有多凶，手上给我擦眼泪的动作就有多轻。

我哽咽地道："对不起哥哥，我下次不会了，你不要生我的气了好不好？"

他出现的那刻，我不得不承认，所有安慰自己的话都是假的，是我在自欺欺人。

我舍不得他，舍不得周阿姨，舍不得那个家。

他不说话，拧开保温桶，把里面的鸽子汤倒了出来。

吹冷了之后，端在手上喂我。

不确定他的态度究竟是什么，我一口眼泪拌一口汤吃着。

碗见底了，才听到他开口。

"气什么气？大人不记小人过。"

提着的心放到肚子里，我抑制不住地扬起嘴角。

是失而复得的喜悦。

突然想到一件事，我当下慌了。

"哥哥，阿姨知道了吗？你不要告诉她好不好？就说我去上学了。"

他轻挑下眉，不咸不淡地道："现在知道害怕了？晚了。

"你猜这汤是谁煲的？"

……

有时候，不发火的要比发火的更可怕。

周阿姨见到我，没说一句重话，只是心疼得直掉眼泪，怪自己没照顾好我。

她说我那天要是有什么三长两短，她余生都会活在负罪中。

她问我是不是她哪里做得不够好，没给足我安全感，才导致我不够安心。

我愧疚得不知道说什么好。

满身是血倒在地上我没后悔，误会周海晏不要我了我也没后悔，但看到周阿姨哭我后悔了。

因为我真真切切地在她身上看到了作为一名母亲的自责和担

忧，而这种情绪我从没在我妈身上见过。

在医院住了一个星期，回家后，周阿姨为了方便照顾我，和我在一张床上挤了一个月。

帮我洗澡，给我梳头，替我擦药，事无巨细。

温柔刀，最为致命。

我再三发誓保证，自己再也不会出现类似行为，周阿姨久久悬着的心才放了下来。

生活总会峰回路转，柳暗花明。

在我以为拿我爸没办法的时候，有天晚上，小付警官和哥哥闲聊，提到最近地下赌场又冒出一种新型的出老千技术，为此家破人亡的不在少数。

电光石火之间，我突然想起那天下午我回家拿存钱罐，看到桌上放着一副扑克牌，旁边还有一副类似于眼镜的东西，但我爸并没有近视。

于是我问小付警官，这个出老千的技术具体是什么。

他说，出老千的人都会自带一副特制的扑克牌，表面上看起来和普通的牌没什么区别，但只要戴上特制的眼镜，他们能轻易辨认出每一张牌。

和我看到的东西，好像直接对应上了。

而我爸也正是那个时候突然赢到了一大笔钱的。

我把这个发现告诉了哥哥和小付警官。

没过一个星期，我爸在一个外地老板开的地下赌场里出老千，被当场抓包。而背后给他提供工具支持的，正是当年间接逼死我妈的那个地下赌场大老板，姓朱。

两个地下赌场的冲突一触即发，有人报了警，朱老板开设的地下赌场也被一锅端了。

为了全身而退，需要有人顶罪。朱老板把我爸推出来当了替罪羊。不知道他私下给我爸许了什么好处，才让他心甘情愿地替他坐牢。

于是，2014年1月1日，迎来了最大的好消息。

唐世国因为犯了赌博罪、诈骗罪，情节恶劣，所涉金额较大，被判处有期徒刑四年零九个月。

得知他入狱的消息，一瞬间我如释重负。

终于再也不是空欢喜了。

直到这时候，最后一丝阻隔我融入周家的后顾之忧被彻底消除。我的灵魂返还他们身边，如同水流归向大海，真真切切地感受到了自己的鲜活。

22

请假在家自习了一个半月。

身上大大小小的伤口终于掉了痂，手腕的石膏也拆掉了，只有额头还有一道小小的淡粉色的疤痕，不仔细看，看不出来。

阿姨怕我留疤，所以这段时间做的饭要多清淡有多清淡。

淡得我都要怀疑自己的味觉是不是出问题了。

直到这天下午，我终于被宣布解除忌口！

我的面前摆着满满一盆麻辣小龙虾，鲜香四溢，光是闻着味我就已经开始流口水了。

阿姨海鲜过敏吃不了，哥哥嫌长得丑也不喜欢吃。

所以今天是专门给我做的。

"清清呀，你先吃虾垫垫。你哥哥还没醒，锅里其他菜还没好呢。"

周海晏昨晚临时接了个大单子，破天荒熬到今天上午十点才睡觉，所以现在都下午了还没醒。

我开心点头。

我这个人向来有耐心，喜欢把最好吃的留到最后。

专门去拿了个空碗，倒了半碗龙虾汤汁，把剥出来的虾尾一个个放到碗里，让它们充分入味。到时候用来拌香喷喷的大米饭，用勺子舀着吃，一口肉一口饭，别提有多香啦。

剥了半碗，想先尝尝，我摘下一次性手套。

这时，周海晏顶着一头凌乱的碎发，慢悠悠地拉开我对面的凳子坐下。

他手托着下巴，低眸看我。

也不说话，看上去还没睡醒，我默默把打招呼的话咽了回去。

不知道是不是我的错觉，总觉得他的视线若有若无地盯在我手边那碗虾肉上。

肯定是我的错觉。

阿姨说哥哥不喜欢吃来着。

于是我低头拿勺子将汤汁拌匀，舀起一口准备往嘴里塞。

他突然伸手一指："妹妹，你这吃的是什么？"

我顿住，虽然奇怪，但我觉得可能是因为他不喜欢吃，所以不太认识。

"小龙虾，剥了壳的小龙虾。"我补充道。

"噢。你这样拌能好吃吗？"他好奇。

我自信满满："当然，非常好吃！"

见他目光灼灼，我试探性地把碗递过去。

"要不哥哥你尝尝？"

"你知道我不是那个意思，我一向不喜欢吃这个。"他勉为其难地接过，"那我就尝一口吧。"

然后，我眼睁睁看着他舀了巨大一勺，半碗肉下去四分之一。

他囫囵咽下去，皱眉道："啧，没尝出味。"

然后看着我。

我有点心疼地说道："要不哥哥你再尝一口？"

呼啦，虾尾又下去四分之一。

我心里一紧。

"谢谢妹妹，这个真好吃。"他惊叹，笑着露出整齐的大白牙。

很少见他笑得这么灿烂，我一时晃了眼。

鬼迷心窍间，我说："要不你再吃一口？"

下一秒，装着虾尾的碗空了。

"别说，饭还是骗来的香啊。"他慢悠悠地放下碗，拖长音，脸上再也不见刚刚那副天真客气的模样。

我满头问号地看了看面前的空碗，又看了看他。

嘴一撇，转头向厨房告状："妈妈！"

"唉！"

周海晏脸色慌乱，忙伸手过来捂我的嘴："赔给你，我赔给你，赔你双份的。"

下一秒，阿姨拎着锅铲从厨房冲出来。

"怎么啦，清清？饭马上就好。"

周海晏疯狂眨眼。

我改口道："哥哥说他饿了。"

　　阿姨拿锅铲指着他，没好气地说："催催催，饿死你得了！"
然后转身回了厨房。

　　我俩互相看了看，都没说话。

　　后知后觉地，自己刚刚好像顺嘴喊错了称呼？

　　可是大家的反应又太过自然。

　　我甚至怀疑是我的记忆出现了偏差。

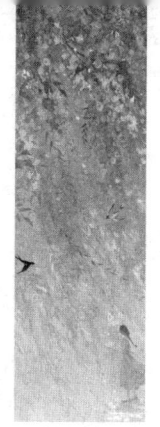

23

半夜睡醒，小腹阵阵疼痛，浑身冒冷汗。

明显感觉下体有种异样，打开灯一看，床单上有一块鲜红的血迹。

我很快反应过来，是月经初潮。

阿姨是个很细心的人，自从上次给我买内衣就能看出来，她知道我因为妈妈走得早，和其他同龄女生比起来缺乏对青春期的了解，于是平时有意无意地会给我科普。

她怕我哪天突然来了月经，自己一个人束手无策，早早就手把手教我卫生巾的用法，家里和书包里也一直备着。

但没想到来月经会痛到这种地步。

比额头缝针还疼，一阵一阵的，好像肚子里被放了一个绞肉机。

这个点阿姨已经睡了，只有周海晏还在工作。

把床单换下放在脏衣篓里，打算缓缓再洗。

换了身衣服，我捂着肚子，慢吞吞地扶着墙走下楼。

周海晏看到我的时候，吓了一大跳。

说我脸色苍白得像个鬼。

以为是什么急性胃肠炎，抱着我就打算去医院。

我拽住他："痛，痛经。"

他脚下一顿。

痛经和牙疼一样，简直是世界上最郁闷、最难受、最无可奈何的事情。

于是，两个没有经验的，一个躺在床上打滚，一个手忙脚乱找百度。

他说："上面说生理期不能吃小龙虾。"

他后来把剩下的一盆虾都剥了，我吃了整整两碗虾尾。

怪不得会这么痛！

按照经验帖，喝了热水，灌了红糖姜水，贴了暖宝宝，折腾半天。

可还是没什么用。

最后，看到有一条评论说可以用男性的手掌搓热之后焐肚子。

走投无路，我可怜巴巴地看着他："哥哥。"

他无奈地叹了口气，把手搓热。

然后揭开被子躺在我边上，一只手撑在床头，一只手隔着衣服焐在我的小腹处。

他的体温偏高，热度通过掌心源源不断地暖着小腹，渐渐地似乎没那么疼了。

过了一会儿，我小声哼哼："哥哥，我腰酸。"

他把手换了个位置，不轻不重地帮我揉腰。

又过了一会儿。

"哥哥，我腿抽筋了。"我欲哭无泪。

他认命般换另一只手给我捏腿。

身体上没那么难受了，困意逐渐上头，半梦半醒间，冷不丁想到什么。

我拿脑袋推了推他。

"哥哥。"

"哪里又难受了？"

"不是，明天七点记得喊我起来，学校七点半期末一模考试。"

在家待太久，差点忘了明天就要上学了。

一片沉默。

良久，头顶传来无奈的声音。

"现在都三点了，你怎么不干脆等考完了再想起来说？"

自知理亏，我往他怀里拱了拱，换了个舒适的位置，假装没听见。

再后来不知不觉就睡着了。

惦记着要喊我起床上学，周海晏没过六点就醒了。

他到对面房间，把脏衣篓里的床单、衣服拿到洗手间，放到冷水里泡了又搓。

怕人早上起来看到尴尬，洗完就先放盆里没晾。

等把家里收拾妥当，早饭做好，他才来喊我起床。

"七点了，醒醒。"

"七点零五分了，快起来。"

"七点十分了，唐河清！"

"你再不起来要歇菜了！"

叫也叫不醒，推也推不醒。

周海晏深吸口气，直接弯腰从腿弯处把我从床上抱起。

然后飞快地给我套上拖鞋，半扶半推着往洗手间去。

其间，他还自我安慰道，还好，也不算睡得太死。

起码把牙膏挤好递过去，我就算不睁眼也能下意识地接着。

起码拿热毛巾给我擦脸，我就算没睡醒也能下意识地喊烫。

睡得太沉了，等我脑袋彻底清明时，发现手上端着牛奶，嘴里咬着面包。

我傻眼了。

周海晏面无表情地指了指墙上的挂钟："七点十五分了，你还有五分钟换衣服收拾。"

七点半考试，走到学校还要十分钟。

我心里猛地一咯噔，三两口把剩下的面包塞进嘴里。

转头就往房间冲。

阿姨昨天说今天会大幅度降温，虽然现在在屋里有暖气感受不到有多冷，但我怕出门冻死，一时间毛衣保暖衣什么都往身上套。

等到冲下楼，正好七点二十分。

我拎起书包就要往外跑。

"哥哥再见！我走了。"

话音刚落，被人从后面扼住了"命运的咽喉"。

就见周海晏换了身衣服，沉声道："还能跑？你肚子不疼了？"

说实话，还有点疼。

他像是知道，下一秒就转过身蹲在我面前。

"上来，背你过去。"

在自己走和有人背之间，我半点没带犹豫地选了后者。

出门才发觉外面下雪了，天色灰蒙蒙的，冷风簌簌，夹杂着羽毛般的雪花，凌空纷扬。

周海晏一路背着我，走得又快又稳。

我撑着伞，静静趴在他的后背上，看着眼前空荡荡的领口，默默把脖子上系着的毛绒围巾给他也绕了一圈。

绕过腿弯的手臂使了力，我被往上推了推。

"哥哥，你是不是累了？"

"累个鬼，你才多重。只是你裹成个球老往下滑，让我很难使上劲。"

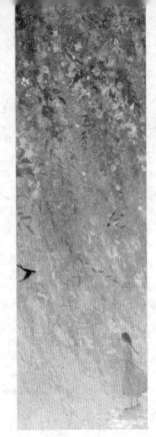

24

痛经来得快，走得也快。

第二天就不疼了，只是小腹胀胀的。

阿姨又跟我说了好多生理期注意事项，比方说要保暖，要忌口，不能碰冷水，不要剧烈运动，等等。

可能是那天晚上把周海晏折腾狠了，导致我后来来大姨妈，他比我还紧张，这个不让吃那个不让碰。

因为初三年级即将中考，所以别人都放寒假时，我还要去学校上学，直到春节前两天才放假。

我在周家过的第一个年，也是他们在平安巷过的第一个年。

以后，我们还会有好多年。

……

大年三十早上。

我坐在梳妆台前。

阿姨站在我身后，给我扎小辫子。

直到最后一股头发编好。

她捧着我的脸，左看右看，眼里溢满笑。

"哎呀，我们清清怎么这么可爱！"

我抬头，镜子里的少女扎着圆圆的丸子头，一身大红绒边斗篷衬得肤色雪白，乌溜溜的眸子明净清澈，笑起来弯成漂亮的月牙。

再也不见自卑怯懦的模样。

原来，我已经变成这样了。

怪不得在学校他们都说我和之前判若两人。

我转身一下子扑进阿姨怀里，脑袋紧紧贴着她柔软的胸口。

就像小时候为数不多几次抱着妈妈那样。

轻轻蹭了蹭，我低声说："谢谢。"

谢谢你们把我捡起来，再一块一块拼好。

温热的手安抚地揉了揉我的头顶，打趣道："谢谢谁呀？"

语气隐藏着期待。

我一怔，眨了眨眼："妈妈。

"谢谢妈妈。"

"哎！"声音里是藏不住的欣喜，柔软的唇瓣落在我的额头，"妈妈的清清真乖！"

雀跃悄悄爬上心头，甜滋滋的。

见我耳尖都通红，她不逗我了，让我去喊周海晏起床贴对联。

这段时间因为要过年的缘故，每天顾客预约排得很满，熬夜到两三点对周海晏来说都是常事，所以他作息都变了。

敲了敲门，没反应。

我推门走进去。

房间里静悄悄的，灰色的床帘透着光，床上的人闭眼睡得沉稳，只听见微不可察的呼吸声。

我伸手戳了戳他的脸。

"哥哥，妈妈让我喊你起来贴对联。"

没反应。

我凑近，在他耳边小声道："哥哥，起床贴对联了。"

还是没反应。

床上的人安静地闭着眼，浓密的睫毛像两把小扇子。

我心念一动，默默伸出邪恶之手，拽了拽，还挺牢固。

正犹豫要不要使点劲。

忽然，面前的人猛地睁开眼，眼中有着分明的无奈、错愕，唯独没有睡意。

他又气又笑："小没良心的，我寻思着看看你怎么喊我，结果就是薅我睫毛？"

"我……"

大意了。

我战术性地乖巧微笑。

"怎么跟个年画娃娃似的？"

他没忍住捏了把我脑袋上的小丸子。

周妈妈在厨房煮汤圆，周海晏和我分工配合贴对联。

家里别的地方都贴完了。

他指着手上最后一副春联，一张画着懒羊羊，还有一张是喜羊羊，它们手里各抱着祝福语，憨态可掬。

他嫌弃道："这副太幼稚了，要不不贴了吧？"

我连忙摇头。

"不幼稚不幼稚，哪里幼稚了！"

他说："有点累了，不想动。"

不行不行，这是我特意和周妈妈一起去集市上挑的。

我伸手拽着他的胳膊摇了摇："哥哥，你是全世界最好的哥哥。贴嘛，贴嘛，贴我房间。"

他眼里闪过一丝若有若无的笑意。

"贴贴贴，行了吧。"

窗户两边，一边贴着一只小羊。

喜羊羊是我，懒羊羊是安齐。

我们是最好的朋友。

那就祝我最好的朋友安齐，新年快乐。

下午，大家围在桌边包水饺。

周海晏嫌我包的饺子丑，揪了一坨面团给我，让我自己玩去。

周妈妈一手按着擀面杖，一手不断调整面团的角度，这样擀出来的饺子皮又薄又圆。

她看着周海晏，状似无意地问道："你那同学今天怎么没来？回家过年了？"

周海晏手上捻着饺子皮，正把拌好的馅往中间放，随口道："没回家，在单位。"

"不回家父母不担心啊？"

"他是在孤儿院长大的，家里没别人。"

周妈妈没再说话。

她垂着眼不知道在想什么，手上擀的速度越来越慢。

好一会儿，她说道："饺子包多了，你晚上喊那孩子过来吃年夜饭。"

周海晏愣了几秒才反应过来，嗯了声。

他们说的是小付警官。

他几乎每天晚上都会过来，有时候会拎着一袋自己种的菜，有时候是菜市场买的新鲜水果，有时候还会送我他自己在娃娃机抓到的娃娃。

周海晏让他人来就行，别带东西。

他不肯，他说自己虽然从小没爹妈教，但也是知道礼貌的。

奇怪的是，一向温柔好客的周妈妈，对小付警官却很疏离，就差把不想接近写在脸上了。

可她分明一开始见到小付警官的时候，还夸他长得讨人喜欢。后来知道他以前和周海晏是同学，现在是警察后，态度就冷淡了下来。

小付警官自己也意识到了，但他根本不在乎周妈妈的冷淡，每天还是嬉皮笑脸的，平时不忙的时候就喜欢往店里钻。

他还会帮周妈妈去市场抢最新鲜的菜，会帮忙修剪院子里的桂花树，会在街坊邻居私下嚼周妈妈舌根时，故意穿着警服警告她们造谣违法。

总之，他对周妈妈有种特别的尊重。

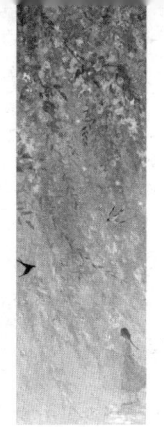
晚上小付警官来的时候，提了满手的礼品。

周妈妈说："小付啊，下次来别拎东西了。"

小付警官脸色变了变，就差把惊慌写在脸上。

周妈妈赶忙解释："我的意思是，都是一家人，不用这么客气。"

他这才长舒一口气，委屈地道："阿姨您说话大喘气，差点儿我就以为今晚吃的不是团圆饭，而是最后一顿晚餐了。"

这番话直接把周妈妈逗笑了。

吃完饭，大家坐在一起看春晚。

周妈妈掏出三个红包，给我们每人发了一个，笑着道："年年岁岁，平平安安。"

"谢谢妈，新年快乐。"周海晏习以为常。

"谢谢妈妈，新年快乐！"我第一次收红包，抑制不住地开心。

"谢谢阿姨，新年快乐啊！"小付警官没料到自己也有红包拿，激动得就差跳起来。

气氛正好，我回房间把早就准备好的礼物拿了出来。

周妈妈是一条围巾和一副手套。她经常坐在门口发呆，现在天冷了，戴上能保暖些。

小付警官是一顶厚实的针织帽。小镇冬天风大，他要出去执勤，得保护好脑袋。

周妈妈左摸摸右捏捏，爱不释手，惊奇地夸我的手真巧。

小付警官则眼泪汪汪的，说没想到红包有他的份，礼物竟然也想着他。

全场保持沉默的只有周海晏一个人。

他不死心地盯着我空空的手，发现什么也没有之后，轻咳了一声。

我假装没听见，转头看电视。

咳嗽声加重。

随后我身边的沙发陷下去一块，耳边传来温热的呼吸声："他们都有，我的呢？"

我转头瞪大眼睛，无辜地道："哥哥，你不是说不喜欢这些的吗？"

之前打探过他的口风，他说自己从来不戴围巾什么的，他还说男人与其裹这些，不如多锻炼。

我想了想也是，他好像一直不怕冷，就连冬天居然都不穿秋裤！

他僵住，表情也开始变得不自然。

"谁说的？反正我没说。"

随后装作不在乎地看着电视："行吧，就是把我忘了，忘了就忘了吧，我也不是那么计较的人。"

可他的眼神分明不是这么说的。

周妈妈和小付警官一边看电视，一边视线忍不住地往这边瞄。

我起身，从沙发后面掏出一朵巨型针织向日葵，足足有我一半人高，我织了整整半个月。

周海晏很喜欢向日葵，喜欢到如果有客人过来文这个图案，他会毫不犹豫地给人打折。

我有模有样地道："哎呀，哥哥该不会连这个也不喜欢吧？"

他转头，瞳孔微微一震，错愕中是藏不住的惊喜。

他像意识到什么，突然笑了："好啊，胆儿肥了，故意逗我呢是吧？"

我敏锐察觉到危险的靠近，默默后退两步。

他站起身，单手撑着沙发靠背，一个翻越，冷不丁就堵在我面前。

我转身就要跑。

他一把捏住我的丸子头，摁住了我"命运的咽喉"，伸手就挠我痒痒。

我边躲边求救。

"妈妈，妈妈救我！"

"小付哥哥，救我！"

他们笑得倒在沙发上，乐不可支，帮不了一点。

欢声笑语中，夹杂着春晚小品的声音："我检讨，我太贪玩儿了，打乒乓球害人害己，我拒绝……"

……

晚上睡觉前，老是觉得枕头压不平整。

挪开看，是一个红包和一把长命锁。

边上放着张纸条："多喜乐，常安宁，无忧亦无惧。"

笔锋凌厉，纸落云烟，字如其人。

……

后来回忆起我这一生中无数个幸福的时刻，每一帧都有他们的身影。

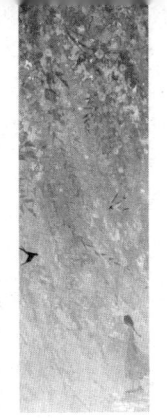

26

过完年后，一切都被按了加速键。

为了迎接中考，学校加大了初三年级的课业量，每天不是在上课就是在考试。

时间安排得紧巴巴的，因为我早上走得早，中午不回来，晚上下了晚自习到家都十点了。一个星期能坐下来和他们好好吃顿饭、聊聊天的，只有周日下午半天。

当得知全县前五十名可以免学杂费，我更加铆足了劲学。

我的成绩在小镇上算拔尖的，但放眼整个县，优秀的人不计其数，我不敢懈怠。

因为放学晚，周海晏会在校门口接我。回家后，一起吃完周妈妈准备的夜宵，他加班工作，我坐在他边上学习。

有时候学着学着就累到趴在桌子上睡着了，他会默不作声地把我抱到床上，然后整理好我的文具，方便我第二天背起书包就走。

从寒冬熬到盛夏，书背了一遍又一遍，题刷了一本又一本。

我如愿地以全县第十的成绩考上了县里最好的高中，学校免除了我三年学杂费，承诺如果我高考成绩优秀，还会有额外的奖学金。

周妈妈知道后抱着我夸，说我天生就是周家的人，和周海晏当年一样厉害。

没过几天，从喜悦的氛围中脱离后，我陡然觉察我这半年走得太急太猛了，以至于很多东西一直在变，而我过后才发现。

暑假两个月里，周妈妈发病的频率明显变高了。

以前她只是每个月五号会在树下挂上风铃。现在，只要带五的日期，她都会在树下挂风铃。

她的舞跳得愈发频繁。

我和周海晏一起坐在门口默默守着，逐渐成了一种习惯。

只是，周妈妈看书时也哭得越来越狠，晚上睡觉越发依赖安眠药，吃得越来越少，提不起食欲，甚至连菜市场都不去逛了，好像对什么都不感兴趣。

大家终于意识到不对，想带她去看医生，但她不肯。

周海晏、小付警官和我，我们轮番上阵，拼命恳求，也没见她动摇。

后来有一天，不知道怎么的，周妈妈突然松口了。

医生是小付警官找的。

诊断结果显示——中度抑郁。

我隐隐猜到，是因为叔叔的去世，也就是周海晏的爸爸。

即使在这个家里，几乎没人会提起他，但处处都可见他的影子。

落在一个人一生中的雪，我们不能全部看见。每个人都在自己的生命中孤独地过冬，我做不了什么，也帮不了什么，甚至连基础的感同身受都做不到。

庆幸的是，周妈妈积极配合医生的治疗，渐渐地有所好转。

就这样，我上了高中。

一中强制住校，两个星期放一次假，可以回家住两天。

学校离家比较远，二十公里的路程，没有直达的车辆，要转两次大巴。

为了方便我上学和接送周妈妈去医院复诊，开学没多久，周海晏买了一辆摩托车。

纯黑的，很酷。

和他很配。

尤其是他跨坐在车上，两条腿修长有力，随意地撑在地上，整个人透着一股漫不经心。

有种介于青涩少年和成熟男性之间的独特感觉。

见我盯着看，他挑眉："怎么样？是不是很帅？"

我下意识地否认："不怎么样，你再把头发染成黄毛就更像个混混了。"

他斜了我一眼："我说的是车。"

我把书包带子紧了紧，试图缓解尴尬。

上车后，他帮我把头盔戴好。

车腿收起，车子立起来，有些摇晃。

他说："搂紧了。"

我照做。

车启动，一瞬间的推力使得我手臂缩紧。

皮肤下是紧实滚烫的肌肉。

脑海里闪过一个念头，腰好细。

我没坐过摩托车，除却一开始的紧张，慢慢放松后，耳畔吹过的风都很自由。

我大着胆子松开手，张开双臂模仿着电影里的姿势。

有多恣意还没来得及感受到，车前闯过一个小孩，车旋即猛地减速，我的身体不受控制地往前撞。

胸部狠狠砸在硬邦邦的后背上，疼得我惊呼出声，眼泪霎时流了出来。

因为是青春期，我最近明显感觉自己发育得很快，尤其是胸一碰就疼。

更别提这么大力。

"是不是撞着了？"

我疼得没说话。

没一会儿，车在路边停了下来。

周海晏摘下头盔，见我掉眼泪更慌了："刚刚撞哪儿了？"

嘴动了动，说不出来。总觉得是谁不知不觉中打薄了我的脸皮，突如其来的羞耻和敏感入侵着我。

他声音急了几分："说话啊。"

灼灼的目光如同把我放在火上炙烤。

我脸上涨起一层红晕，闭了闭眼，自暴自弃地吼道："胸！撞胸上了，行了吧？"

　　他一怔，意识到什么，顿时沉默着转过头，戴上头盔，声音干巴巴地道："那什么，哥哥不是故意的。"

　　后面一段路，我长记性了，紧紧搂着他的腰，但可能是天气太热，整个手臂仿佛都要被烫熟了。

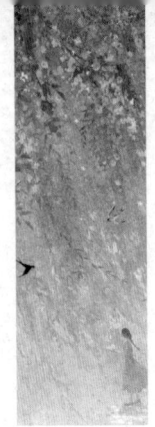

27

　　一中作为老牌名校，集聚了各个地方的优秀生源，大家关注的是谁学得好，考得高，没有工夫也没有兴趣去搞小团体欺凌那套。

　　在这里，没有人会欺负我、孤立我，我就是个普普通通的学生，有两三个结伴而行的同学，和室友相处得也挺好，大家偶尔也会聊聊八卦，其中早恋永远是热门话题。

　　虽然相比初中来说，高中的压力明显更大，节奏更快，但我每天过得很充实很满足。

　　高二开学时，文理分科，我还选了自己喜欢的理科。

　　周妈妈有周海晏和小付警官照顾，他们说她的状态越来越稳定了，出乎意料地配合治疗，效果显著，总体上病情向好。

　　为了让她没那么无聊，我每次放假回去，都会把在学校发生的趣事，添油加醋地说给她听，逗她开心，晚上睡觉时黏着她，抱着她。

　　见她的沉闷一天比一天少，内心的担忧渐渐放下。

　　家里的气氛也活跃了起来。

　　一开始，我并没有意识到自己有什么变化。

　　直到紧绷的神经放下，直到生理和心理日趋成熟，直到我不敢直视周海晏的眼神。

　　日积月累的量变，终于爆发，迎来了蓄谋已久的质变。

　　是坐在他对面吃饭时，不断放慢的速度，不知道怎么拿筷子的局促，以及目光对视后强装镇定的率先移步。

　　是坐在他旁边学习时，没法集中注意力，脑海里天马行空的想象，以及偷看他手掌时每道掌纹都一清二楚的观察力。

　　是坐在沙发上聊天时，观念相合后的一声不吭，刻意同频共振的心跳声，以及感受到被他气息包裹时不断上升的体温。

　　是坐在摩托车后座时，紧紧搂着腰要缩不缩的手，被问到想不想他时的难以开口，以及下车说再见时害怕出丑而紧张到声音发抖。

　　是常常莫名其妙的发呆，是暗地里的观察和模仿，是突如其来的结结巴巴，是强装出来的若无其事，是久久不见的日夜思念。

　　我感觉自己在一点一点地失去控制。

　　所以我断定，我生了一种很奇怪的病。

　　奇怪到没法像以前一样和周海晏相处。

　　因为这个奇怪的病，我也开始变得奇怪。

　　我不再让他洗我的衣服，小到一件内衣，大到一件外套，甚至洗完怕被他看到而选择挂在自己房间的小阳台上。

　　我坐车不再去搂他的腰，而是别扭地紧握车座两边，固执地将书包背在胸前，以此阻隔两人之间的距离，以防泄露我的心跳声。

我生理期痛经疼到发抖，也只是自己默默去厨房煮红糖水，而不是像以前那样撒娇用他的手暖肚子。

一次又一次无形中的疏离。

我没有注意到的是，周海晏的脸色越来越黑。

以至于周妈妈以为我们在闹矛盾。

周五下午，回家。

周海晏沉着脸停车，我先背着书包下来。

周妈妈拉过我的手，悄声问："清清，是不是那死小子哪里惹你生气了呀？"

疑惑过后，我急忙否认："没有没有，我和哥哥好着呢。"

"真的？"

"真的。"

恰巧周海晏从我身旁经过，我下意识地后退了两步，他意味不明地冷笑出声。

明明什么都没说，却又好像什么都说了。

周妈妈的视线在我和他之间来回打转，明显透露着不信。

我红着脸，不知道该怎么解释我们确实没有闹矛盾，只是我单方面的缘故。

谁知她摆了摆手，无所谓地道："行了我也不问了，反正你俩过两天又好了。"

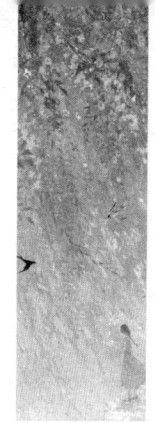

28

周妈妈是预言家。

晚饭后，她按时吃完药，上楼休息了。

周海晏在工作室画稿，我像以前一样坐在他旁边打算学习。

然而，十分钟过去，试卷还是一片空白，注意力不由自主地就落在身旁的人身上，心还跳得很快。

我拿着卷子准备回房间写。

"现在才九点半，你睡这么早？"

我摇头："没，回房间写作业。"

他表情很淡，笔在指尖快速转动。

"这里不能写？

"还是说，我在这儿碍着你事了？"

他微微侧头，乌黑的长睫毛垂下淡淡的阴影，五官锋锐、立体。

眼神悠悠地停在我身上，带着考量。

身侧的手指蜷缩着，我莫名感觉脸发烫，隐隐有加重的趋势。

他说："坐下，我们聊聊。"

我放下卷子，坐了回去。

他开门见山："你最近很不对劲。"

被点破，我一时表情不太自然。

他想了想，回忆道："是不是我有哪里做得不对？我跟你道歉。"

"没有没有。"

"那是你在学校被人欺负了？"

"不是不是。"

他不动声色地盯着我，看了半晌，突然问道："你是不是早恋了？"

心中巨震。

一瞬间犹如雷击，把我劈得外焦里嫩，心跳都停了一拍。

无数个片段在脑海中倒带，不明不白困扰良久的思绪，陡然被打通了。

犹如失航者找到了方向，迷途者走出了雨林，流浪者获得了栖居。

云开见山面，雪化竹伸腰。

一切都有了合理的解释。

原来，不是风动，不是幡动，是我心动。

即使内心现在已经兵荒马乱天翻地覆，但面上表现得也只是比平时沉默了点。

因为暗恋这场战争，注定要单枪匹马去打。

见我不说话，周海晏先入为主，以为我是默认。

他深吸一口气，表情逐渐僵硬："唐河清，你才高二，谁允许你早恋的？

"是今天放学走在你旁边那小子，还是上上周一校门口和你打招呼那个，还是说上上上周五下雨给你撑伞的？"

我错愕地看着他如数家珍。

他气闷："别跟我说是上次家长会往你桌斗里塞情书的。"

我忽地一笑。

"都不是。

"没有早恋。"

只是暗恋。

视线交会，他的眼神直白不收敛，犀利得仿佛在分辨我这些话的真假。

我坦然回视。

良久，久到周围的空气有些沉默。

他目光缓和，叮嘱道："不准早恋。"

我问："十七岁算早恋，那十八岁呢？"

他斩钉截铁地说："算。"

"那二十岁呢？我二十岁恋爱呢？"

"二十岁也算。"

"那和你现在一样大呢？"

"那……"

我步步紧逼："那你现在恋爱也算早恋吗？"

他眼神闪烁，憋出一串咳嗽，摆手把我轰走。

"这么晚不睡觉想干什么？回房休息去。"

让睡觉的是你，不让睡觉的还是你。

翻脸比翻书还快。

男人心，海底针。

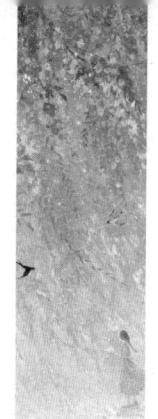

29

喜欢呢，就像盛夏的大雨，在我还来不及撑伞时就扑面而来，所以我下意识地慌乱，而当大雨初歇，身上淋湿的衣衫带来足以抵抗苦夏燥热的凉爽，我后知后觉地发现这是一场青春的馈赠，以至于开始期盼它能来得更猛烈些。

而暗恋之所以成为暗恋，是因为它藏在月亮的背面，一次又一次的口是心非和欲言又止替它做着掩护。

于是表面上，我又变回了之前的唐河清。

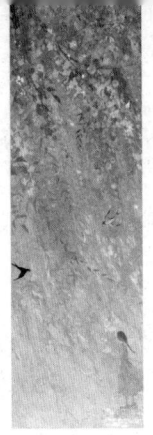

30

　　我正常了，周海晏又不正常了。

　　即使我再三保证自己没有早恋，但周海晏还是不放心。

　　他每次接送我的时候，眼睛像雷达一样，只要和我走得稍微近点的，都被他观察了个遍。

　　我给周妈妈讲学校里的趣事，周海晏以前是不听的，他说又不是特意说给他的，他去听名不正言不顺。

　　现在，他说谁听不是听，多他一个不多，少他一个不少。他甚至放下手里的工作，若无其事地坐在旁边的沙发上，光明正大地听，中途还会发表一下感想。

　　"今天班主任请了优秀毕业生回校分享经验，有个学长在台上说到一半突然不说了，他视线扫了一圈，看到后排有个同学趴在桌子上睡得正香，他先是很客气地和大家说了声抱歉，然后二话不说冲下去，把那个同学敲醒，力气大到梆梆响。那个同学的成绩在班里倒数第一，脾气不太好。"

　　周妈妈一脸惊讶："啊？那不得打起来？"

我说："反了！他被敲醒后，脸色一变，二话不说，坐得端端正正。看到他这样，一时间发困走神的，全都吓醒了，就怕挨打。下课后才知道，原来那个学长是'倒数第一'的亲哥哥！"

"哎哟，哈哈哈哈哈哈！"周妈妈抹了把眼角笑出的泪，问道，"这倒数第一的小孩怪有意思的，他名字也挺有意思，我记得你之前说过，叫什么来着，王什么？"

"王者。"周海晏冷不丁插了句。

"哎对对对，就他，哈哈哈哈。"周妈妈两手一拍。

过后我才知道，周海晏暗戳戳进了学生家长群，把我们班每个同学的名字都给记了下来。

……

我不喜欢用电子产品，所以早上吃饭时，习惯性地看看报纸。

摸到手边他递过来的报纸一看，黑色加粗大写标题："震惊！高中学霸早恋后双双落榜！"

拿起第二份报纸。

同样的加粗大标题："警惕！一场早恋引起的悲惨事故。"

我抬眸。

周海晏一本正经地说道："你看，我说了早恋不好吧？"

我指着两份报纸，幽幽地道："可是《天天新报》2008年就已经停刊了，《新闻早刊》也在2015年宣布停刊。"

他语塞。

果然人的潜力是无限的，他连复刻报纸的本事都有了。

班主任说，周一要召开以感恩为主题的家长会。

这次我想让周妈妈出席。

但她依然拒绝了我，说不擅长这种活动。

周海晏很积极，他说他闲得很。

但如果我有预知的能力，我宁愿一个人，也不同意周海晏去！

家长会上，班主任一段接一段地发言，为感恩的氛围做了铺垫。

教室里的座位被调整成一个方形，家长坐在位置上，学生站在家长正对面。

随着音乐响起，学生们边唱边做手势舞。

"我曾经很想知道，同样的话要说多少次才好。"

"很少主动拥抱，就算为了自豪，腼腆地笑。"

一开始学生都挺尴尬的，但随着音乐的慢慢推进，班主任在旁边沉浸式表演的诱导，学生渐入佳境，家长们也开始泪光晶莹。

大家都沉浸在煽情的氛围中。

周海晏靠在椅背上，微仰着下巴，目光带着不同以往的灼热直白。

眼神在空中相会，被他这样盯着，我不由自主开始紧张，心脏好像要蹦出来。

一不小心，就做乱了动作。本来我就是因为唱歌跑调太严重，被班主任要求张嘴假唱，现在乱了节拍，更融不到那种氛围里。

"歌颂这种平凡，一两句唱不完，恩重如山，听起来不自然。"

"回头去看，这是说了谢谢反而才亏欠的情感。"

"哦，爸爸妈妈给我的不少不多，足够我在这年代奔波，足够我生活。"

整个教室的氛围随着音乐被推向高潮，周围唱歌声断断续续带着哽咽，家长们眼泪汪汪，抽泣声此起彼伏。

我因为哭不出来，尴尬地站在原地。

这时候，满教室的哭声中，突然响起一道非常不合时宜的闷笑。

周海晏侧过脸，唇边的笑容抑制不住，连眉眼都弯弯的。

奇怪，见他笑，我尴尬又想笑，也憋不住跟着笑。

埋头看着脚尖，笑得肩膀都在颤。

然而，笑是会传染的。

和我离得近的同学，也莫名其妙开始笑，眼泪还挂在脸上，笑得鼻涕泡都出来了。

这个场景落在别人眼里更好笑了。

于是更多的人也开始笑。

煽情的场面突然就朝喜剧的方向发展。

作为场控的班主任一脸复杂。

他看着我和周海晏："要不你俩出去转转？"

就这样，头一次家长会，有家长和学生一起被赶了出来。

我和周海晏在空荡荡的校园里晃悠。

我耷拉着脑袋。

他摸了摸鼻梁："真不是故意的，主要你当时手忙脚乱太好笑了。"

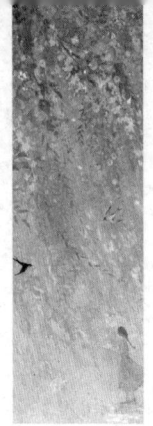

31

时间弹指过，转眼我步入高三。

学校从两周放一次假，变更为一个月放一次假。

和他们待在一起的时间更少了。

值得高兴的是，医生说周妈妈的抑郁症几乎治好了。

她现在很少会坐在门口盯着桂花树发呆，她说门口风又大又晒人，不知道有什么好看的。也很少会半夜起来在树下挂风铃跳舞，她说她忘记怎么跳的了。

甚至她现在不再沉浸在书里，而是听医生的话走出去多活动，偶尔去跳跳广场舞，去逛逛街。我每次回家都能收到她给我买的新衣服。

至于周海晏，我一边担心他会喜欢别人，一边又担心别人会喜欢上他。

每天有所惦记和期待的感觉又让我上瘾。

这天晚上放假回家。

我照例坐在周海晏旁边学习，他在给客人文身。

唯一不一样的是，这次的客人是个很漂亮的短发姐姐。

她穿着黑色吊带，水墨风的鸢尾花文身占据半边锁骨，露出的腰腹能隐隐看出马甲线，整个人自信又性感。

而且她看上去和周海晏很熟，话里话外都透着亲密。

我低头假装写作业，实际上耳朵都快竖到天上了。

周海晏问她选了什么图案。

她掏出手机，随意划拉两下，指着屏幕上的男明星。

"随便，文个帅的。"

"确定？"

她红唇微挑，笑道："要不然文你也行，我觉得你比他们帅多了。"

我下意识地抬起头看过去。

周海晏瞥了她一眼，脸上没什么表情，没说行也没说不行。

我默默捏紧了笔杆。

"不说话就是行咯？"

突然，她看向我："妹妹，帮个忙，帮我俩拍个合照。

"要文就文个大的，干脆把我俩都文上去。"

手里的笔没拿稳，掉落在地上滚了两圈。

周海晏放下图册，身体往后靠了靠，慢条斯理地说道："你最好是真的敢文。"

她眼波闪了闪，嗤笑道："我有什么不敢的？倒是你，不情不愿的，怕女朋友误会？"

"哦，我忘了，你没有女朋友，那就是怕心上人误会咯。"

她说着，意味不明地朝我笑了笑。

那眼神，我总觉得她看出了什么。

见周海晏不搭理她，她起身，直接坐到我边上，抬手搂着我的肩膀，非常自来熟："周海晏不讨人喜欢，他妹妹倒是正好相反。这么好看的初恋脸，在学校一定有不少人追吧？肥水不流外人田，姐姐有个弟弟，和你一样大，妹妹你要不考虑考虑？"

我刚想拒绝，胳膊被轻轻抵了抵。

对视间，心脏猛跳，我好像突然领会她的意思。

我佯装害羞，低头不说话。

"考虑个屁。"

周海晏冷笑一声，拿起手机打了通电话，对着那头没好气地道："你怎么还没到？你女朋友你还想不想要了？"

那头是小付警官气喘吁吁的声音："别让她跑了，我到门口了。"

所以这个漂亮姐姐是小付警官的女朋友？

两个人吵架了？

边上的人把外套拉链拉好，朝周海晏翻了个白眼。

没过一分钟，小付警官就风风火火闯了进来。

他蹲在漂亮姐姐面前，好声好气道："你上次文完不是说太疼了以后再也不文了？"

漂亮姐姐面无表情地说："你管我！"

小付警官低声哄道："那你这次想文什么？"

"我，我和你女朋友的合照。"

周海晏煽风点火，看热闹不嫌事大。

就见小付警官一愣，点点头。

"行，那给我也文一个，就文唐妹妹吧。"

周海晏的脸陡然黑了："你是不是有病？"

后来漂亮姐姐被小付警官强行拉走，路过我时还不忘暗示："妹妹，有戏，稳赢。"

思绪一转再转。

受她的蛊惑，我起了试探的念头。

我蹲下身捂着小腹，看着周海晏泪眼蒙眬："哥哥，我肚子又疼了。"

大姨妈来了是真的，但痛经是我装的。

他二话不说，转身就要去厨房煮红糖水。

我摇头："哥哥，我想休息。"

他把我抱回房间，像以前那样，撑着手臂半躺在我边上，滚烫的手掌隔着睡衣的布料贴在我的小腹上。

温热的触感犹如蔓延的藤蔓，迅速缠遍全身，耳尖、脖子都染上烫意。

我把脸埋进他怀里，闷声道："周海晏。"

"嗯？"

"我不早恋，你也不要早恋好不好？"我忍不住咬紧下唇。

"好。"他出乎意料地顺从。

我却贪心地想要更多，仗着他的退让越了界。

"那你等等我好不好？"

　　他把下巴垫在我脑袋上，良久才轻声开口："好。"

　　彼此间，似乎达成了一种默契。

　　好像有些事情不必说开，双方就已经心知肚明。

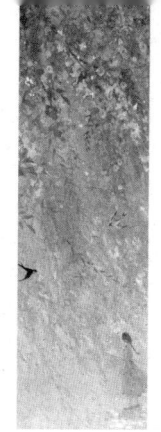

32

高考那天，周妈妈和周海晏一起来送考。

妈妈听别人说，送考的家长穿衣服有讲究。

于是第一天，她穿了身大红旗袍，拉着周海晏穿了大红短袖，寓意开门红。

两个人站在门口，颜值又高又显眼。

看出我的紧张，周妈妈拧开保温杯，递给我："喝口压压惊，一路顺到心。"

我接过，是甜的。

恍惚间，病房里喝的那杯糖水就在昨天。

周海晏拎过我的文具袋检查了两遍，确定没有遗漏的，语气一本正经："没有拖后腿的，你可以放心飞了。"

我笑弯了腰。

紧张瞬间缓解了不少。

去找考场的路上，碰到同学王者。

他顺势走了过来："好巧，刚刚在门口的是你家长吗？"

我骄傲挺胸："我妈妈和我哥。"

他看了我一眼，唏嘘道："你们家是长得不好看的都不要是吧？"

我愣了下，故作叹息："可不是嘛！"

随后我俩对视一眼，哑然失笑。

"你这次考试应该不会再睡着了吧？"

"哟，我哪敢。高考我要是睡着，回去我哥不得把我解剖了。"

我诧异不已："你哥是法医学专业的？"

他点头："C大的。"

大佬竟在我身边，早知道那天学长的演讲就认真听了。

一路插科打诨，就像是在赴一场很平常的考试。

接连三天，都很顺利。

最后一门考完，走出考场的刹那，紧绷的神经得到放松。

疲惫感随之而来，恨不得回家大睡三天三夜。

周海晏笑我像是被吸干了精气。

晚上吃完饭，周海晏临时去外地了。

周妈妈在厨房给我做曲奇饼干。

她腰间系着围裙，侧脸温婉恬静，岁月似乎在她脸上并没有留下多少痕迹。

我走上前抱住她："谢谢妈妈，这次做这么多吗？"

她用干净的那只手摸了摸我的头："多做点，放着慢慢吃，我们清清这段时间辛苦了。"

妈妈做的曲奇饼干味道超级好，之前给室友分享过，她们都赞不绝口。

我捧着脸，静静地看着她。

暖调的灯光勾勒着柔和的氛围，那些温暖的记忆在脑海中翻涌，连成一片。她的碎碎念，温柔了我的岁岁年年。

将最后一盘饼干从烤箱里拿了出来，妈妈转头找准备好的空盘："奇怪，我刚刚放哪里去了？"

我昏昏欲睡，一时间也没反应过来。

直到妈妈发现盘子就在自己手上拿着，她哎哟一声："年纪大了，记性也不好了。"

把所有的曲奇饼干装盘后，时间不早了，我劝妈妈去休息吧。

她摇头："清清你先去睡吧，妈妈还不困。"

见她坚持，我打了个哈欠，勉强睁着千斤重的眼皮。

"妈妈，那我先去睡觉了哦。"

她温柔地看着我："去吧去吧。"

走到一半，我想起什么，又折返回来。

考完后，他们都没有问我考得怎么样，怕给我压力，但我想自信一回。

我悄悄地在妈妈耳边说道："妈妈，我觉得我这次考得很好，到时候我们一起用奖学金去旅游呀。

"去看海！"

妈妈说过她想去海边捡贝壳。

她忍不住笑着把我搂进怀里："哎哟，好好好，还是我们清清厉害呀。"

鼻间是妈妈的馨香，怀抱里带着温热。

不知道怎么，我脱口而出："妈妈，我爱你。"

说完又觉得不好意思，转身跑走了。

我没看到的是，她愣在原地，眼圈一点点泛红，沉默了很久，才沙哑着声音道："清清，妈妈也爱你。"

我回房间匆匆洗漱完就往床上趴，眼珠直打旋，困意上头，没几分钟就陷入了深度睡眠。

四周没人后，周妈妈提起来的精气神瞬间垮了下去，神色恹恹。

她走到桂花树下，站了很久。

枝梢的风铃长时间被人遗忘，风吹日晒下，已经蒙了灰。

她伸手去取，却没想一阵风吹过，先她一步吹弯了梢头。

瓷做的风铃直直坠地，四分五裂。

她眨了眨眼。

泪水毫无预兆地落下，心像是被硬生生剜空了一块。

脑海中有两个小人。

一个安慰她："挂这里这么久都没人动，应该也不是什么重要的东西，碎了就碎了吧。"

另一个穿过逐渐被遗忘的记忆提醒她："这是你曾经很重要的东西。"

她踮起脚，张开双臂跳着生疏的舞蹈，中间还忘了几次动作。

忽地，她低声道："你看，果真是快忘光了。

"什么都不记得地活着，有什么意思呢？"

这几年，她怕孩子担心，一直强迫自己看病治疗，药大把大把地吃，暗地里头发大把大把地掉。

表面上在变好，实际上是因为她在遗忘，渐渐遗忘那些痛苦的记忆。

风平浪静下的人往往在自我毁灭中活着。

她骗过了所有人，却没能骗过自己，日积月累，那些记忆已然和她融为一体，失去了那些痛苦的同时也在失去自我。

苍白的手指抚上枝叶，因为虫害，叶片被吃得七零八落。

"对不起，都没注意到你生病了。"

她找出家里以前没打完的农药，先是对着生了虫害的桂花树仔细喷了喷，然后带着剩下的大半瓶回了房间。

房内，她衣着整齐，静静躺在床上，垃圾桶里是空了的药瓶。

伴随着身体剧烈的疼痛，她渐渐开始出现幻觉。

恍惚间，她听见有人在喊她的名字："寄秋，寄秋。"

一声声语气熟稔，已经很多年没人这么叫过她了，记忆里的那个人早就牺牲在五年前的那个雨夜。

没有葬礼，没有立碑，甚至连祭奠都不能。

她睁开眼，朦胧的白光里走出一个身材高大的男人，多年不见，面容还是清隽刚毅。

"亦柏，是你来接我了吗？"

　　她缓缓弯起嘴角，艰难伸出手，朝男人递去。实际上房间里什么也没有。最后，手臂慢慢脱力倒下，床上的人渐渐合起眼。

　　房门紧闭，整夜再没人进出。

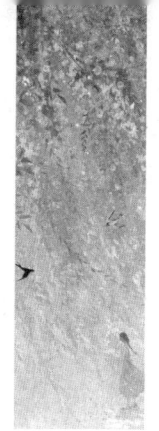

33

生命的底色似乎是无尽的悲凉和落寞。

当一个人开始对另一个人产生回忆时，就是和这个人的缘分快要结束的时候了。可惜当时的我并不知道这个道理。

只是在寻常的一个早上，妈妈睡着了就再也没有醒过来。

她是喝药走的，被发现的时候已经救不回来了。

床头桌上留着一封简短的告别信。

"海晏，清清，妈妈很抱歉以这种不体面的方式离开。但死亡不是生命的终点，遗忘才是。如果我活下去的方式是遗忘，那其实我已经死了很久，只是后来才被发现。

"这个选择是妈妈很早就已经做出的，你们不要为我难过，每个人都有他自己的路要走。妈妈这辈子能陪你们走一程，已很开心，但也只能走到这儿了。还有人在等我，他等了我好久，等我看完这个世界去陪他，妈妈不舍得再让他一个人在另一个世界孤独。

"清清，妈妈想告诉你，妈妈也很爱你，你从来不是妈妈的累赘，是你弥补了妈妈的遗憾，这辈子能在最后几年拥有一个这么可爱的女儿是妈妈的荣幸。很抱歉，妈妈从来没有去参加过你的家长会，不是不想，妈妈曾经很多次幻想过能够站在你身边，自豪地向你的同学介绍我是唐河清的妈妈。只是，妈妈不知道，如果妈妈走后，别人再问起你我去了哪里，这对你来说会不会又是一种伤害。清清，你以后要勇敢呀，你是个很棒的小孩，妈妈为你感到骄傲。最后，妈妈爱你。

"海晏，妈妈欠你一句对不起。因为妈妈的自私和胆小，阻挡了你追逐一直以来的梦想，是妈妈的错，妈妈不该以爱之名困住你。人各有路，你如今也长大了，自己能对自己负责。去做你想做的吧，妈妈再也不拦着你了。记得帮妈妈向小付也说句抱歉，很抱歉一开始迁怒于他。最后，妈妈也爱你。"

我只是睡了一觉，醒来后就没了妈妈。

周海晏只是出了一趟远门，回家后就没了妈妈。

原来有些人其实已经见过最后一面了，只是我们还未发觉而已。

瘦瘦弱弱的妈妈被推进了铁房间里，出来后就成了一个小小的方盒子。

我看到骨灰盒的那刻，从呆滞麻木的情绪中抽离，再也忍不住失声痛哭，胸口像刀绞一样，铺天盖地的酸楚席卷着我，泪水模糊了眼睛。

周海晏红着眼抱住我，一言不发。

大厅里四周都是悲天恸地的哭声，有人哭到晕厥，有人悄悄啜泣。

所有的突然离开都曾有过漫长的伏笔。

突然松口去看医生，日渐显著的治疗效果，不愿意去参加的家长会，不再在树下跳舞，不再在门口发呆，多做出的饼干……

一切其实早就有了预兆。

是我太过蠢笨没有发现。

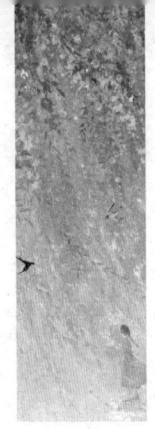

34

　　办完妈妈的后事，再回到这个家，明明哪里都没变，却又哪里都变了。

　　窗台旁，书桌靠墙处整齐地堆着书，丝丝缕缕的风穿过半开的窗户吹了进来，桌面上那本《百年孤独》摊开着，由于经常翻阅已经磨边了，风缠在书页上吹得沙沙作响。

　　未读完的断章，等不来翻阅的那个人了。

　　书在，人不在。

　　我坐在厨房里，一口接一口吃着妈妈做的曲奇饼干，眼眶干涩到发痛。我喜欢吃甜的，妈妈说这次给我放了好多糖，可为什么我却吃不出来甜味？

　　饼干什么味道都没有，嘴里只有眼泪的咸味。于是我拼命往嘴里塞，塞到长时间没进食的胃里泛着一阵阵绞痛，翻江倒海般开始恶心干呕。

　　"别吃了，听话。"周海晏的语调里沾着潮湿的泪意。

　　我听不见他说什么，继续一块块把嘴塞满。

直到他再也看不下去，直接把我面前的饼干端走，强拉着我去卫生间掰着我的嘴吐出来。

我挣扎哭喊："放开我，我把饼干吃完妈妈就会回来了，她就会回来给我做新的了。

"她答应我的，答应和我一起去看海的。"

早知道，我就不说那一句我爱你了。我把爱留着，跟她以后慢慢说，她是不是就不会走得那么决然了？

"唐河清！她不会回来了！妈妈她确实已经走了。"

他猛地攥住我的肩膀，声音发紧，陈述着惨痛的事实。

我愣愣地看着他，就见周海晏紧抿着唇，脸色苍白，眼底的痛苦不比我少半分。

是啊，她先是周海晏的妈妈，后来才是我的妈妈。

他怎么会不难受呢？他只是不说而已。

我慢慢垂下头，轻声道："对不起，我知道了。"

他红着眼眶，却不掉眼泪，轻轻搂过我的肩膀，脑袋埋在我的颈侧，双肩颤动，滚烫的湿意一点点在布料上晕开，仿佛在将我整个人灼烧。

他说："不要怕，你还有我。"

人生总有些路是一边哭着一边走的。

吃完半碗粥，周海晏把我推进卧室："安心睡一觉吧，你很久没有休息了。"

我拉住他的手不肯放，他只好陪我一起躺下。

过了好久，还能听见彼此的呼吸声。

他摸了摸我的头："睡不着？"

我呆呆地看着天花板，眼泪顺着涌了出来，好像根本哭不完："不敢睡。"

我怕再次醒来，连身边最后一个人也会消失。

他沉默着伸出手，轻轻碰上我的眼角，大拇指一点点擦拭过泪痕。

我说："周海晏，我只有你了。"

他说："嗯，我不会走。"

月光洒在窗前，外面是空荡荡的庭院、清冷的小巷，墙壁上挂着的钟表嘀嗒转动，伴着时不时的狗叫，所有的孤独都笼罩着一层看不清的雾色。

肆

你去守护世间的河清海晏，

我来守护你

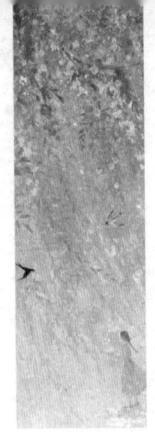

35

第二天，我睡醒时身边是空的，心脏瞬间紧缩。

磕磕绊绊往楼下跑。

在楼梯口听到熟悉的声音后，才慢慢停下脚步。

"哥，那群人终于又出现了。

"上次抓到的那批货，是他们的。"

小付警官坐在沙发上，身上的衣服皱巴巴的，一副风尘仆仆的模样。周海晏坐在对面，神情凝重。

几乎是听到我的脚步声那瞬，话音止住。

小付警官不着痕迹地转移话题。

"哟，妹妹睡醒了？高考确实伤元气，得多休息几天。

"对了，阿姨呢，出去买菜了？"

忽然想到什么，他眉头皱起，有些气愤。

"巷子里那些人嘴也太恶毒了，造谣都不讲究限度，跟我说阿姨……"似乎觉得"死"这个字太过晦气，他没继续说下去。

客厅一片沉默。

　　小付警官看了看我，又看了看对面的人，茫然道："你们怎么都不说话？"

　　"是真的。"周海晏语气平静。

　　他愣了几秒，表情逐渐僵硬，难以置信地道："不是，你们开什么玩笑呢？好好一个人，我就出去了几天而已。"

　　"反正我不信。是不是阿姨不想看见我？那我走就是了，我脸皮厚，等她不生气了我再过来不行吗？"

　　说着说着鼻腔发酸，视线在刹那模糊成一片，伸手就要拎过身后的外套穿上，可手是抖的，拉链拉了几次都没拉上。

　　"她让我替她向你说句抱歉，她不是故意迁怒于你。"周海晏说。

　　"别说了！我一个字都不信！"声音苦到发涩。

　　小付警官不愿意接受这个事实，所以他选择了逃避，拉链没拉上转身就跑出门。

　　我理解他的心情。

　　说到底，我们是一样的，他没有爸妈，我等同于没有。

　　这些年，周妈妈对他的好他都看在眼里，嘴上不说，但心里是把她当作自己妈妈一样对待的。

　　可人生就是这样，怕什么，来什么，盼什么，没什么。

　　就像我刚刚听到他们聊天的只言片语，虽然我没听懂他们在聊什么，可就是有种莫名的不安和心慌。

　　这种不安在周海晏连续几天早出晚归后得到证实。

　　他变得很忙，文身店也不开了。

那双漆黑的眼眸一天比一天幽深，偶然扫过甚至会被那瘆人的冰冷所惊。

好似妈妈走后他就变了一个人，随着那根结实的束缚着他的藤蔓抽离，原本被温柔表象所掩盖的血性日渐凸显，利爪和獠牙慢慢伸出，浑身的野性再也无法压制。

我们之间，好像越来越遥远。

他说过不会走。

但他好像要食言了。

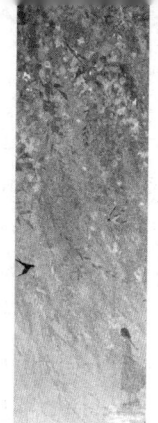

36

夜里，我坐在沙发上等他，一直等到熟悉的摩托声由远及近在耳边响起。

车停在院子里，人却没有立即下来。

我走到门口，就看见男人长腿交叠倚靠着车身，指尖夹着一根烟，侧脸线条凌厉分明，黑长的睫毛低垂，戾气深重的眉眼渐渐模糊在弥散的烟雾里。

身侧的光被阴影挡住。

看到是我，他踩灭烟头，眼底的情绪渐渐退去，眸中浮起明澈的柔光。

"怎么还没睡？"

"我在等你。"

我慢慢走近到和他并排，用尾指去触碰他右手冰凉的指尖，轻轻勾住，若无其事地拉着他往前走。

下一秒，大手强行分开我的指尖，反握，直至十指紧扣。

他的声音染上一丝笑意："走吧。"

我悄悄放轻呼吸，以此抑制轰鸣般的心跳声。

手上却默默加重了力道。

我们一直牵着，就这样看着他单手关门，上楼，最后到卧室里拿睡衣。

翻到抽屉时，他轻咳一声。

我偏过头闭上眼睛，示意他："你继续拿你的，别管我，我不看。"

抽屉被快速抽开又推上。

直至跟着他走到浴室门口，我还不肯撒手。

不知道为什么，似乎只有真切地感受到彼此的体温，不安的心才有归处。

他低眼看我，意有所指地暗示："我要进去洗澡了。"

我嗯了声。

他扬了下眉，强调："不是洗脸，是洗澡。"

我理直气壮："我知道。"

他晃了晃紧牵着的手，眼里分明写着"知道你还不撒手"。

"我蒙上眼不看行不行？"

"不行。"他冷飕飕瞥我一眼。

"那你不关门行不行？"

"不行。"他面上染上一层薄红。

我眼睑颤了颤，突然抬头提议道："要不你今晚先别洗了？"

他震惊地看着我，用一种难以描述的眼神。

"不行。"

最后我勉为其难地蹲在紧闭着的浴室门口，门是雾面磨砂玻璃的，外面什么也看不见。里面也看不见外面，除非外面的人紧贴着门，才能从里面看到黑影的形状。

于是我背对着浴室，手掌合贴着门。

时不时出声："能看见我吗？"

"能。"

过了一会儿。

又问："能看见我吗？"

"能。"

又过了一会儿。

他说："能看见，一直能看见。"

他很快洗了个澡就出来了。

穿着严严实实的长衣长袖，额前黑色的碎发还在滴着水珠，顺着下巴滑落进锁骨。

他把我从地上拉起，掀起眼皮。

"你今晚像个小变态。"

我理亏，没有反驳。

只是跟着他进了卧室，打算将罪名坐实。

我们很多次一起和衣而眠，多数都是在我的房间，我拉着他不让走。

和我的卧室不一样，他的是简单的黑白灰。

我自来熟地爬上床，挤在他边上。

够到他的手默默握紧。

他若有所思道："你今晚是怎么了？"

我咬了咬唇，没说话。

有一下没一下地捏着他的手指。

就在他以为我不会回答时，我突然开口："你是不是要走了？"

时间仿佛静止。

他犹豫的每一秒对我来说都不亚于临刑前的等待。

他干哑着声音："我……"

"你是要去当警察了吗？我知道的，我知道你是警察，和小付哥哥一样。你是不是要去别的城市工作啊，你带我一起去好不好？你去哪个城市我就报哪里的大学，按我的成绩都能上的，我会很听话很乖的，我还很聪明。我已经成年了，到时候就可以兼职赚钱，我不会拖累你的。"

我把我所有能想到的可能性都说了一遍，越说越语无伦次。

"哦对了，忘了跟你说，我想学法医来着，到时候毕业了还可以有机会跟你一起工作，我们还会待在一块的，说不定我还能像电视剧里那样帮你办案。

"我不会给你添麻烦的，我保证我会很听话很听话。

"周海晏，你带上我好不好？"最后忍不住带着哭腔。

"我们清清太聪明，也太懂事。"

他叹了口气，低头捧过我的脸，颤抖着一点一点吻过我眼角的泪。

然后额头相抵，湿意在枕头上晕染，分不清到底是谁的。

心里的不安越发强烈，我捏得手指发白。

他抬起头，轻轻拍着我的后背，就像哄小孩儿那样。声音像是哽在了喉咙里，强撑着打趣说："以后少哭点，小小年纪眼睛再哭坏了。"

脸上的眼泪是止住了，可是心里的眼泪还在流。我甚至不知道到底是一声声哥哥留得住他，还是一声声周海晏留得住，抑或两者都留不住。

他突然道："你想听我爸妈的故事吗？"

没等我回答，他自顾自地说着。

"我妈这辈子其实挺苦的。她在家里排行老二，上面有个大她四岁的哥哥，下面还有个小她十岁的弟弟，家里重男轻女，什么活都归我妈干，就连带小孩也是。

"他们家没想给我妈读书来着，只是赶上高考恢复那几年，国家抓教育，她每天背着小筐去学校附近割猪草，割着割着就趴在教室窗户边偷看偷听。老师发现也从来不撵她，从六岁到八岁，她靠着脑袋瓜聪明，每天那点时间自学了一二年级的课程，所以后来老师就破例让她跟班读书。"

"她读书也不耽误干活，加上老师去家里劝过她父母，又不要钱，那个年代文化人又受尊重，就这么读了下去。

"我妈快高考那年，也就是一九八九年，家乡发洪水，大片农田受灾，庄稼一夜之间没了，她哥哥也没了钱娶老婆。他们就商量着把我妈卖给一个老头做小老婆。我妈打死也不肯，她哭着求他们，她说自己有把握能考上大学，到时候能挣好多钱给她哥娶媳妇。但他们听不进去。

"后来我妈就跑了，身上也没钱，就这么连夜跑到火车站。车站里有卖艺的，也有乞讨的。我妈脸皮薄膝盖骨硬，干不来乞讨的活，她就在那儿跳舞，那是她从学校里跟老师学的唯一一支舞蹈。但是没人理她，跳了一天她连买瓶水的钱都没要到，眼看着最后一班火车要开走了，她急啊。

"这个时候，一个穿着军装的男人出现了，他夸我妈跳得真好看，然后问她要去哪里，作为看这场舞的费用他可以给她买一张火车票。我妈不知道自己要去哪里，就问他要去哪，然后假装和他顺路。

"那年我爸刚退伍回来，二十三岁，比我妈足足大了五岁，可架不住我妈爱看书，我爸走过的路多，我妈看过的书多，他们在车上聊得很投机，越聊越觉得对方是知己，以至于下车时发现我妈骗了他，我爸也只是夸我妈聪明。

"一个胆大一个心善，一个敢跟着一个敢收留。他们一起进过厂，一起摆过摊，还捡过破烂。慢慢地，两个人看对眼了，打算结婚，但是没有户口簿。我妈提议要不然就这么搭伙过日子吧，但我爸说什么也不肯，他揣着这些年存下来的钱去了我妈老家，换来了我妈的户口簿，也买断了我妈和那个家的关系。

"他们两个光明正大结了婚，还办了个简单的婚礼。婚后，我爸当过一段时间的出租车司机，我妈找了个乡下小学当老师。两个人的日子过得虽苦也甜。

"等我出生的时候，我爸成了警察，我妈就在家边带娃边做些小生意。不说生活很好，起码每个月有了固定的收入。我妈生我的时候难产，说来好笑，我爸一个大男人听到我妈撕心裂肺的痛呼，二话不说就冲进产房，医生都没拦住。他握着我妈的手，转头大喊医生保大保大，他说小的不要了。

"医生说，小的活得好好的，不能不要。"

周海晏语气诙谐，我含着哭腔笑出了声。

他摸了摸我的脑袋，继续说着。

"后来母子平安。我爸伺候我妈出了月子，就去医院结扎了，说再也不生了。

"我们家是典型的慈母严父，小时候我只要惹我妈生气，我爸下了班回来保准揍我一顿。但他们其实都很疼我。我从小就觉得我爸很酷，特崇拜他，每次听到他抓坏人我就觉得我爸是个大英雄。

"我爸在外面有多凶，回来对我妈就有多好。我们家一直是我妈管钱，我爸说单位里包吃，自己用不着花钱。只要是我爸在家的时候，家务活都是他干的，他从小就教导我，他说，男人眼里有活，心里才能有家。他会给我妈洗脚，会给我妈捏肩，知道我妈喜欢桂花，他就种了一院子的桂花树。

"要说不好的地方，就是我爸从来不出席我的家长会，我跟我妈姓，填写的父亲资料那栏永远是空白，他也从来不拍照，甚至当年因为穷，和我妈连一张婚纱照都没有。

"后来我爸变得越来越忙，有时候半年都不一定能回一次家。那些街坊邻居本来就见不得我妈好，嘲讽她说我爸外面有人了。问我爸具体在忙什么工作，他也不说。我都快对我爸失望的时候，我妈仍然相信我爸不会做对不起她的事。

"直到有一年我爸中了弹，被抬回来，我们才隐约意识到他的工作可能不一般。我爸在家养了半年的伤，这半年里他也没直接和我说自己是干什么的，就教我虞美人和罂粟花的区别，让我一辈子都要记得毒株的模样，见了就要销毁。

"我那时候就明白他是干什么的了。我问他值不值，他说，别人不想干的事情总要有人来干。我受我爸英雄主义的影响，大学报了'公大'，想和他走一样的路，做一样厉害的人。

"伤好了之后，他又开始忙得不着家。他最后一次走的时候，跟我妈保证，他会回来给她过生日。可是二〇一二年我妈生日那天，等回来的不是我爸本人，而是他们单位领导捧着的骨灰盒和一面一等功的锦旗。

"我爸在一次抓捕边境贩毒集团的行动中，和毒贩殊死搏斗，死在了手榴弹下。据我爸的战友说，他胸口被炸成蜂窝状，小腿肚都被炸没了。

"那次行动过后，那些毒贩就藏了起来。怕家人遭到报复，我爸死后连葬礼也没办，碑上也没有立字，甚至清明节我们都不能过去扫墓。

"我妈自此消沉了起来，她甚至开始对这个职业有了心理阴影。变得特别紧张我的安危，她求我不要再走我爸那条路，所以大学毕业后，没多久我就带着我妈搬到了这里，重新开始。

"付远是我在大学里最好的兄弟，我爸牺牲的事，他多少猜到点。

"后面的故事你也就知道了。"

心脏像是被一只无形的手捏住了，我几乎窒息。我从没料想过会是这样的惨烈与悲壮。

怪不得从没见过阿姨过生日；怪不得从没见她去扫墓；怪不得每个月五号她都会那么痛苦，她在最期待、最开心的日子却接到了最心爱之人的噩耗。

那她被我爸骂丈夫短命鬼，活该早死的时候，心里该有多难过啊。

我都无法想象她是怎么撑过这几年的。

叔叔四十六岁牺牲，所以阿姨选在了四十六岁这年自杀，一天都不愿意多活。

对她来说，丈夫的离去不是一场暴雨，而是余生漫长的潮湿。

前些天周海晏和小付警官聊的那些之前在我看来没头绪的话，突然就清晰了。

前赴后继。

他也将走上叔叔的路，成为一名缉毒警。

劝阻的话说不出口，没有立场也没有理由说。

谁都不能代替谁去原谅，谁也都不能阻挡谁去远方。

有些人血里有风，一生就是注定要奔跑的。而只要往前跑，就一定会有人从身边掉队。

我曾经在书里看到过一句话："如果你渴望得到某样东西，你得先让它自由，如果它回到你身边，那它就是属于你的，如果它回不来，那你就从未拥有过它。"

人也是，爱也是。

我抹干脸上的泪，用尽量平静的声音问："周海晏，你什么时候走？"

"不知道，也许是明天，也许是后天。"

"要离开多久？我们还会再见面吗？"

他沉默地看着我，不说话。

我极力忍住不哭："我会等你的，等你回来。"

他的眼眶渐渐发红。

他说："要是永远也等不到了怎么办？"

我认真道："不会的，上天不会这么残忍，我相信你会回来。"

他说："好，我会回来。"

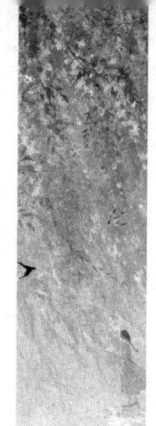

　　此后的日子就像被按下了倒计时键。

　　我试图让自己忙起来，以分散即将离别带来的苦楚。

　　有天下午，收拾高中课本时，里面掉落了一张婚纱工作室的明信片。

　　是之前陪室友出去拍写真，工作室老板塞给我的。

　　她说，想请我当婚纱模特。

　　我那时候忙于学业，就婉拒了。

　　不知道现在后悔还来不来得及。

　　幸运的是，我打过去的电话接通了，老板说她的邀请依然有效。

　　那天，我拉着周海晏陪我一起去，私心想把婚纱穿给爱的人看。

　　婚纱很漂亮，挑得我眼花缭乱。

　　年轻的女老板问我们俩要不要一起当模特，看起来很配。

　　我笑着摇头，说他不喜欢拍照。

　　我在里面做了多久的造型，周海晏就安静地坐在沙发上等了我
多久。

　　繁复美丽的白色婚纱穿在身上，胸前锁骨处是一条钻石项链，
头发被卷成温柔的波浪慵懒地斜落在肩颈，头上戴着一顶闪闪发光
的王冠，脚下是小巧而精致的银色高跟鞋。

　　镜子里的自己灵动漂亮，我踏着星星灯光走了出去，恍惚间好
像走进了婚姻的殿堂，是个满心待嫁的新娘。

　　听见动静，他抬眼凝望着我，对视静谧而长久，仿佛连周遭的
空气都静止了。深邃的眼底某些情愫翻滚，他闭了闭眼，再睁开后
一片平静。

　　他说："很漂亮。"

　　我看着他的眼睛，一字一顿道："我愿意。"

　　三个字，莫名其妙，没头没脑。

　　在别人看来我可能是疯了。

　　但我知道他会懂。

　　他愣了下，装作思考片刻，眼里含笑："嗯，我也愿意。"

　　我垂下眼眸，掩饰心口狂跳的悸动和难以言喻的伤感。

　　后面拍摄时，他中途出去了很久。

　　老板姐姐自己就是摄影师，她问："你们是情侣吗？"

　　我想了想："现在还不是。"

　　她大手一挥，斩钉截铁道："以后会是的，放心好了。你们这
么般配，爱能跨越万难。"

　　爱能跨越万难。

真爱之路从不平坦，爱迎万难，爱也赢万难。

我愿意试着去相信。

拍摄快结束时，周海晏回来了。

他没有解释自己去了哪里，我也没有问，如果他想让我知道，他会亲口告诉我的。

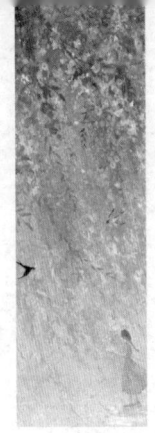

38

爱迎万难，爱好像也难赢万难。

小付哥哥和沈临熙姐姐分手了。

晚上，我、周海晏、小付哥哥、沈临熙姐姐，大家聚在一起，吃了顿饭。

一开始都还好好的。

直到临熙姐姐喝多了，从兜里掏出户口簿甩在桌上。

她颤抖着声音，带着孤注一掷的勇气道："付远，今天就一句话，你娶不娶我？

"只要你点头，我们明天就去领证。

"我什么都不在乎，我等你，哪怕等个十年八年，老娘有的是青春。"

小付哥哥听了没什么反应，只是平静地拿开她面前的酒杯。

"你喝多了。"

"付远！我再问你最后一遍，你到底娶不娶我？"

男人玩笑着抬眼："当初不是你说的玩玩而已，现在只是分个手，沈大小姐怎么就玩不起了？"

她眼底的情绪剧烈一颤，难以置信地看着他，脸上的神情逐渐僵硬，一字一顿道："行，是我沈临熙下贱，硬逼着一个不愿意的人娶我，是我贱。

"想跟我结婚的人一抓一大把，何必追着你不放？"

小付哥哥放在身侧的拳头握得死紧，脸色苍白得像纸，嘴上却故作轻松。

"那提前祝你新婚快乐，以后有机会说不定还能吃上你的喜……"

下一秒，他就被酒泼了一脸。

临熙姐姐将杯子重重磕在桌上，拿起户口簿，头也不回地离开了。

巷子外停着一辆黑色轿车，司机已经候在这里很久了。

直到最后一丝汽车声消失殆尽。

男人突然用力抽打着自己的脸，一下又一下，眼神里是难以掩饰的痛楚。

他用手捂住脸，深深低下头，哭声苦涩而浓烈。

"我不想那样说的，可是我不能耽误她。

"她明明有更好的选择，以后会有更好的生活。"

这世上的事情都经不起推敲，一推敲，哪一件都藏着委屈。

饭桌上陷入沉默，克制的抽泣声变得越发清晰。

沉重压抑的气息在四周蔓延，身处其中的人都被无形的手紧紧勒住。

相爱却不能在一起。

我突然觉得爱情好奇怪，里面夹杂着钝痛。当爱开始的时候，悲伤早就在一旁虎视眈眈了。

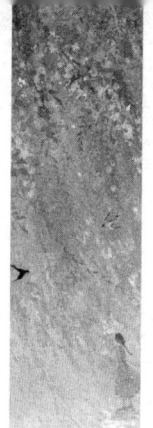

39

离别总是来得猝不及防，让人措手不及。

明明前一晚，周海晏还答应我第二天陪我去看照片，一觉醒来却跟我说，中午他就要走了。

我们之间的相处只剩不到三个小时。

而今天是六月二十二日。

我原本打算拿到做模特的工资后，给他过个生日，但现在要提前了。

对我的零用钱周海晏从不吝啬，可这次我想用自己的钱。

于是我去了东市菜市场门口，生锈的单杠自行车照旧停在那儿，喇叭里还是同样的吆喝："收头发，收长头发，剪长辫子，高价回收，头发可以卖。"

"小姑娘，头发卖不卖？"剪头发的还是那个人。

"卖。"

"二百行不行？"

"不行。"

"三百，顶多三百！"

"不行。"

"那我不收了。"他看出我急着用钱，故意压价。

"三百就三百。"

因为高中学业紧，头发太长洗起来浪费时间，中间剪过一次。时隔四年，现在的头发比当年只长了一小截。

我没时间跟他继续拉扯，三百块也够了。

但我忘了商人的市侩奸诈，冰凉的剪刀从发丝中穿过，我看不见他是怎么剪的，只觉得大把大把的头发被撸下，头皮凉飕飕的，人都轻了不少。

他说只剪到下巴处，但最后我照镜子的时候发现他是贴着发根处剪的，我被强行剪成了寸头。

中年男人手沾口水，呸了声，数出三张红钞票递给我。

我气得嘴唇发抖："你没说要剪到这儿。"

他斜睨着我："我们这行都这么剪的，你这钱爱要不要。大不了把头发还给你。"

他明知道剪都剪完了，我拿回去也没用。

我伸手夺过钱："卑鄙小人，迟早倒霉。"

然后转身就走。

这个点，镇上大多数蛋糕店还没开门。跑了好多家，在我以为买不到的时候，终于有一家在营业。

"姐姐，求求你，拜托拜托做快点。"

一个小时后，我拎着刚做好的蓝莓蛋糕，去了附近的花店。

"老板，来一束向日葵。"

买完这些，兜里还剩八块零七毛。

我看着手里满满当当的东西，心里的满足感冲淡了头发的事。

只是，周海晏看到蛋糕和花，并没有我想象的那样开心。

他盯着我的发型，唇瓣用力抿了抿，半晌才轻轻骂道："小傻子。"

我眼尖地看到他眼里隐约闪着泪花，顾不上其他的，连忙冲过去。

"收住收住，不能哭。老人说分别前掉眼泪，倒霉大半辈。"

我拿手一个劲在他眼睛上方扇风。

他喉间一哽，再抬头时，眼底一片清静。

我松了口气，和以前一样，拉着他一起插蜡烛，点燃。

烛火摇曳，恰好热闹的阳光洒落，和烛光融为一体。

"周海晏，生日快乐。"

与此同时，他凑近在我耳边低声说了什么。

但我的右耳现在完全听不见了。

我只好茫然地看着他。

他不动声色地错开眼，若无其事地道："没什么，就是祝你生日快乐。"

我信以为真。

我们一起闭上眼许愿。

今年我许愿他此去一路平安，许愿我们还能拥有岁岁年年。

他照例要把第一抹奶油点在我的额头，我躲了下，眼疾手快先给他眉心点上。

　　"我把我以后的好运都送给你，等你回来再还给我。"

　　他一向不喜欢吃甜的，这次我们却硬生生分着把蛋糕都吃完了。

　　临别前，他伸手揉了把我的脑袋，惊奇道："还有点扎手。"

　　"那你别摸。"

　　他兀地笑了下，嘴角微微勾着："下次回来就不扎手了。"

　　走的时候他什么也没带，除了那张已经旧到不行的十块钱，和刚买的那束向日葵。

　　我站在门口，望着他和小付哥哥的背影消失在路的尽头。

　　奇怪，心里也不觉得多么难受，只是闷闷的，不知道是什么滋味。

　　眼睛也酸酸的，但哭不出来，空留满嘴的苦涩。

　　后来我才意识到，这叫麻木。

　　晚上睡觉前，我从枕头下摸到了一串钥匙和一张银行卡。

　　周海晏把小楼留给了我，以及他这些年的积蓄。

　　眼泪猝不及防就盈了眼。

　　好像淋了场酸雨。

40

他们都走后，我一个人住在小楼里。

高考成绩出来了，作为全省前一百名，学校给了我十万元奖学金。

志愿报的是C大法医学专业，遇到的老师同学都挺好。

但我好像失去了娱乐的欲望，整天除了泡在图书馆里，就是在实验室里，学习成了我打发时间的唯一方式。

我每年都会回小巷一趟，看看周海晏回没回来，顺便把小楼从里到外打扫一遍。

大二回去时，听说我爸出狱了，他跟着姓朱的地下赌场老板走了。

日子像数念珠一般，一天接着一天，从手中滑去，串成周，串成月，串成年。

大五时，我去了H医院实习，遇到一个很好很照顾我的师兄。巧合的是，他就是我高中同学王者的哥哥，王砚礼。一开始我都没认出来。

毕业后，我跟着他一起考了家乡那边的公安编制，在刑侦大队里工作。抱着以后说不定能和周海晏共事的期望，我不怕苦不怕累，胆子还大，有时候他们会夸我比男人还能干，说我给女法医长了脸。

这六年里，当我对所有事情都厌倦的时候，我就会想起周海晏，想到他在这个世界的某个地方生活着、存在着，我就愿意忍受一切，他的存在对我来说很重要。只要一想到他，时间都变得不堪一击。

我一直琢磨不清，和他们在一起的日子怎么能既漫长又短暂，所以我反复回味，仅靠回忆活着，就已经足够幸福。删除他们在我人生中出现的任何一个瞬间，我都不能成为今天的我。

这天，我正在写报告。

突然间心脏抽搐，笔从手里掉了下去，滚到脚边。心像是要碎了一样，疼得呼吸不上来，整个人手脚都开始发麻，眼泪无意识地往下流，难过到想吐。

好像遥远的地方，与我精神相连而又息息相关的树正在被砍倒。

"河清，你怎么了？"

一旁工作的师兄王砚礼看见我这副模样，慌忙快步走过来看我。

我一把拽住他的衣袖："师兄，我想请假。就现在，去普济寺。"

这些年，偶尔也会有这种心慌的情况，但从没有今天这么强烈。

　　爱上一个人，就好像在侍奉着一个随时会陨落的神，轻重缓急的呼吸都与他有关。

　　我太害怕了，必须得依靠什么汲取点安全感。他们说，普济寺许愿最为灵验。

　　当人无能为力到绝望的时候，就只能寄希望于信仰。

　　直到站在寺庙前，我的心还在发慌。雨下得很大，师兄不放心我一个人过来，默默在边上撑着伞陪我。

　　我不肯打伞，我怕心不诚，佛听不到。

　　他见劝不动我，于是自己也不打了。没一会儿身上全湿透，在旁人眼里我和师兄成了两个精神失常的落汤鸡。

　　天空阴沉，天边像裂开了无数道口子，雨声连成一片轰鸣，石道两边的树木疯狂摇晃，豆大的雨滴劈头盖脸砸下。

　　行人都在躲雨，直挺挺杵在大雨中的我们突兀又怪异。

　　佛寺建于山上，一百零八道台阶，从山脚到山顶，我不顾旁人诧异的目光，一跪一叩首，虔诚祈祷，替他祈求平安。爬完最后一级台阶，佛寺的大门却渐渐在我眼前合上。

　　门缝里，老僧人穿着深色袈裟，手持念珠，眉宇间透着庄严肃穆。

　　"若无因缘，何以相遇？若无相欠，怎会相见？向来缘浅，奈何情深，若不相见，因缘已尽。因缘已尽，再无相欠，无须再见。"

　　当寺门彻底关上的刹那，山间梵音骤响。

恍惚间，我听到有人在喊我的名字。可回头，身后只有肆虐
的风。

铺天盖地的迷茫和绝望瞬间席卷了我，不知该何去何从。

41

那天，我对着周海晏的背影说了声"再见"。

我以为，此次一别，要等经年。

但其实，他日重逢，要等来生。

只是在一个平常的早上，我像往常那样走进解剖室，却发现解剖台上躺着的是我最想见的人。

"死者姓名周海晏，年龄31岁，性别男，身高186厘米左右，体重75千克，死亡时间48小时……"

后面的我已经听不清了，只觉得耳朵嗡嗡响。

"小唐，死者你认识？"

"不认识。"

"那这次你来解剖。"

"好。"

我故作镇定，师兄多看了我两眼，却什么也没说。

分开已经僵硬的右拳，掌心紧握的是一张皱巴巴的十块钱，被叠成小小的三角形。

我以为我会痛哭，会咆哮，会嘶喊，但事实上我什么感觉都没有。情绪像是被完全抽离了，完全心如止水、无波无澜。

原来人难过到了极点，是会突然恢复平静的，平静到我面不改色地操作完整个流程。

随着他的尸体一起回来的，还有一段视频，记录了三十个小时内他所经受的惨无人道的折磨。

那些毒贩，拿火烧他的身体，用锤子一寸一寸敲碎他的骨头，用鞭子打出一条条伤口。在他快丧失意识时，在伤口上撒盐，反复重力击打面部头部……最后活生生把他折磨致死。

这是边境最大的贩毒集团被捣毁后，无能而卑鄙的垂死挣扎。

周海晏卧底六年，和警方里应外合，彻底将嚣张多年的边境贩毒集团一网打尽，却在即将全身而退时，身份被暴露，遭到毒贩残忍报复。

医院里，六年不见的小付警官躺在病床上，全身多处缠着绷带，穿着蓝色条纹病号服，右手和左腿处是空的。

他说："唐妹妹，好久不见。"

我说："好久不见。"

我们沉默着对视了很久。

眼泪不受控制地翻涌而出。

"小付哥哥，周海晏他怎么突然就回不来了呢？"

他顿了顿，面露不忍，话要出口却分外艰难。

"是你爸。

"他被骗到边境贩毒了，因为他每次带的量少，成功率又低，引起那些人不满。为了活命，他荒谬到把你推了出去，他说他还有个女儿可以骗过来帮他们。

"周哥暗中拦下了你的信息。于是任务收尾时，你爸看见周哥就一口咬定他是警察。他只是想报复，却没想到误打误撞碰了个正着。

"身份暴露后，他护着我们先离开，自己却再也没能出来。"

我脊背僵直地靠在墙面上，大脑轰然空白一片。

我怎么也没有想到，现实会是这样，荒诞而又残忍。

"那我爸现在人呢？"

"死了，毒瘾发作。"

我不知道是该笑他死不足惜，还是应该替我的周海晏委屈世道不公。

抑或恨我自己，是我拖累了他。

过了好久。

他小心翼翼地问："她这些年过得还好吗？"

旋即自嘲："得亏当年没耽误她，我以后就是个废人了。"

"两年前，她出车祸成了植物人。因为被家里逼婚，她醉酒后到山上飙车，人和车一起翻了下去。

"她一直在等你。"

空荡荡的病房里，两个被世界抛弃的可怜虫，交换着彼此最想知道的信息，同时也将最锋利的箭狠狠刺在了对方心上。

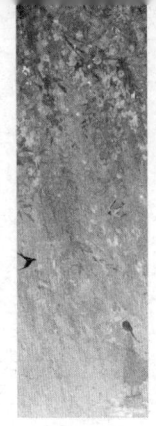

42

　　我回家睡了两天，妄想这些都是梦，梦醒了就会好。然而梦醒后依然是现实。

　　"这是周海晏烈士的骨灰，还有他的遗物，根据他遗书上所写的，把这些都交给他的未婚妻——唐河清女士。"

　　我蓦地怔在原地。

　　遗物里是上百张我的素描，以及一颗钻戒。

　　在我以为自己没有跟上他的脚步时，回首再看，原来他注视着我的背影已经走过漫长的年头。

　　我忍不住发着抖，嘴角扯出一抹惨淡的笑。

　　戒指套在手上，大小正好。

　　我看着怀里捧着的木盒，轻轻说道："周海晏，我来带你回家了。"

　　外面风很大，秋气正浓，路上都是枯黄的树叶，天上飞着，地上落着。

　　我满目凄然地走着，眼底只有无边的悲哀与寂灭，脚下仿佛有千斤重。

忽然，身体被撞了一下，是三岁的小孩在路边追树叶玩，他妈妈跟在他身后护着。

小男孩下意识地向我低头道歉："对不起，奶奶，我不是故意撞你的。"

我回头看他："没关系。"

他却紧紧盯着我，眼神里满是困惑。

我继续往前走，身后传来稚嫩的声音，语气里满是不解："妈妈，你不是说头发花白的都叫奶奶吗？可刚刚那个明明是姐姐呀，好奇怪哦。"

"嘘，宝宝，你看见姐姐很奇怪，那是因为她在经历你理解不了的痛苦。"

小男孩懵懵懂懂地望着远去的背影，天空渐暗，夕阳西下，她摇摇晃晃地走着，花白的头发与萧瑟的秋景融为一体。

路过花店，我站在门外："老板，麻烦来一束向日葵，我的丈夫他不喜欢菊花。"

我抱着它们回了小巷。

院子里的桂花正开，被风吹得满地凋零。

我坐在周海晏常坐的那张沙发上，轻轻抚上木盒。

就好像，它就是活生生的他。

"周海晏，你当时疼不疼啊？"

他们说视频里他全程一声不吭，连眼泪也不流一滴。

"你看，我给你买了你最喜欢的向日葵。

　　"今年就不给你过生日了，已经过了那个时间，许愿都不灵了。"

　　我顿了顿："以后也不给你过生日了。

　　"对不起啊，拖累了你，要是我没有那个爸爸就好了，我宁愿我是孤儿。

　　"你好傻，收了十块钱保护费，真就护了我十年。"

　　我絮絮叨叨说了很多话，不知道他是不是听烦了，所以我们家门被敲响了。

　　打开门，外面站着穿着风衣的男人，高高瘦瘦，眉宇间都是不安。看了我很久，目光凝在我的头发上，眼底渐渐泛起薄薄的水雾。

　　我张了张嘴："师兄，你怎么来了？"

　　看他没有要离开的样子，我只好侧身让他先进来。

　　他坐在对面沙发上："我见你状态不对，想过来看看你。

　　"你们认识是吗？"

　　我竖起手上的戒指："他是我丈夫。"

　　他沉默片刻，温柔的、带着安抚意味的声音响起："抱歉，望节哀。"

　　我牵动嘴角淡然一笑，心里在泣着血。

　　四周安静了很久。

　　他突然开口说："十月喀纳斯的胡杨叶子黄得最亮丽，十一月的香格里拉雪景纯净洁白，十二月的腾冲漫山遍野都是樱花。

　　"我的意思是，人要往前看，前面的风景还有很多。我十二岁时，我爸去世，我妈得了癌症，弟弟才七岁，我当时和你一样。后来咬牙坚持下去，妈妈的病奇迹般治好了，弟弟也一天天长大，翻过这道坎之后，一切都好了起来。我开始去看山看水，看这个世界上的万物，就连一株野花也能给我带来欢喜。"

我平静地陈述事实："可是你还有妈妈，有弟弟，我什么都没有了。"

他神色认真："如果你需要，我很乐意一直陪在你身边。"

成年人的言外之意不用明说。

虽然我不知道他什么时候开始对我产生了超出师兄妹的情意，但我确确实实拿他当师兄看待，这些年他帮了我很多，也教会我很多。

一个人一生只有一颗心，我这颗心只为一个人而跳动。

"我有他就已经够了。"

他眼底有些黯然。

"师兄，不早了，谢谢你今天跑一趟。我想睡觉了。"

"那你好好休息。"

走到门口时，他犹豫片刻，转头：

"那我先和你预定一个下辈子，我在他后面排队。"

说完不等我回答，就走了。

可我不会有下辈子了。

人间太苦，苦到我什么也抓不住，下辈子啊我就不来了，免得再拖累他。

我抱着骨灰盒一步步走到周海晏的房间，躺在他的床上。

时间太久，房间里已经没有了他的气息。

我想，我可能是一个很坏的人。

所以上天把我所拥有的一个接一个收回，惩罚我握住的都化为指尖流失的灰烬。

真爱之路从不平坦，爱迎万难，爱也是万难。

老人说的话都是骗人的，他们说名字能连在一起的两个人很有缘分，可明明一点也没有。

平安巷，也从来不平安。

无数过往的记忆在眼前倒带，像是电影的回放，我作为旁观者观看自己这一生。

故事的开始，配不上这一路的颠沛流离。

十四岁对命运发出的感叹，时隔多年后，射中了我的心脏。原来，我这一生早就注定是一段泥泞难行的路。

恍惚间，又回到那天。不同的是，这次我没有走进小巷，也没有推开那扇门，而是转身被黑暗折磨直到吞噬。或许这才是最好的结局。

我愿意用我下辈子投胎的机会，和上天交换。

一换世间昌平再无毒；二换海晏河清不复见。

浑身渐渐冰冷，呼吸变得微弱艰难，嘴里翻滚着浓重的血腥味，顺着嘴角淌至下巴、耳处，最后在白色的床单上渲染成艳丽的花。

我站在生命尽头处回首看，通往黄泉的月台上，站满了来迎接的故人。

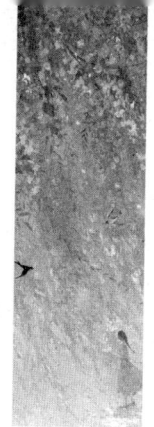

43

　　周海晏牺牲后被追授了一等功。

　　作为和平年代公认最危险的警种之一，我国缉毒警平均年龄停在四十一岁，而周海晏死在了他三十一岁这年。

　　禁毒从来不是一场没有硝烟的战争，只是有些人以自己的生命为刃，以血肉铸造了一堵和平的围墙。

　　1992年，警号013626*启用。

　　2012年，警号013626封存。

　　2017年，警号013626重启。

　　2023年，警号013626永久封存。

　　"封存是铭记，启动是传承。警号重启，我就成为你。"

　　好多年后，周家父子的事迹开始广为流传。平安巷的人这才知道，他们当初害怕鄙视的小混混，竟然是一名缉毒警。

　　有人慕名而来，到英雄曾经住过的地方打卡，却发现早已物是

---

*　警号013626为本书中人物乔亦柏及周海晏使用的虚构警号。

人非，一片荒凉。

也有人自发前去墓园祭奠。

只要永远有人记得他们的牺牲，就永远有人记得贩毒吸毒的罪恶，中国的禁毒事业就会薪火不断。

清晨天灰蒙蒙的，万籁俱寂，墓园里缭绕着浓淡不一的雾气，犹如蒙上了一层轻纱。

两座石碑前摆满了花束。碑上有人帮他们系上了红绳，用以祝愿他们下辈子不会走散。

一座是烈士乔亦柏及其妻周寄秋之墓。

另一座是烈士周海晏及其妻唐河清之墓。

墓前安静地站着一群人，有三岁的幼童，有十来岁的少年；也有青年人、中年人及老年人，他们都神情肃穆。

东方天际渐渐升起一轮旭日，但见，清晨的第一缕阳光穿透浓浓迷雾，照在那一抹中国红上，五星红旗伴着日出缓缓升起。

泪水瞬间蓄满了人们的眼眶，禁毒的长征之路不知不觉中已有人接棒，一代又一代人会用他们的方式捍卫这片国土。

番外一

小猫很可爱，
但她自己不知道

1

周海晏第一次见到唐河清，是在他和母亲搬进平安巷的第四个月。

那时他刚大学毕业，距离父亲去世还不到一年。

为了更好地安抚母亲的情绪，周海晏拒绝了学校老师的推荐和业内前辈的邀请，放弃了原本一直坚定要走的那条路，带着母亲跨越千里来到南方的一个边陲小镇定居。

那年他也才二十一岁，平稳行驶的人生列车几经颠簸，在这年彻底脱了轨。

除了警察，他不知道自己还能做什么，好像做什么都无所谓了。就这么稀里糊涂地开了家文身店，年少时的爱好自此成了营生的手段。

小镇的经济不算发达，物价水平在那个年代更谈不上有多高，客观来说很适合他们当时的生活。

要说不好的地方，就是小镇比较封闭，与世脱节，造成当地人的思想有些封建。大多小镇居民都挺闲，没什么事的时候，便喜欢凑一起乱嚼舌根。

"哎，你们知道刚搬来的那家什么来头吗？"

"孤儿寡母，八成不是什么好东西。"

"听说啊，她男人出轨不要她了，这女的一气之下精神都不正常了。"

"那男孩看着也不像正经人，小痞子似的，别是闯了祸躲到我们这儿来的。"

"对了，你们晚上谁听见什么奇怪的动静没？"

"听见了听见了，我昨个出门遛弯儿，就听巷子里头又哭又叫的，那声音啊，老吓人了！"

"又哭又叫？哟，那不是和镇西头张大蒋老婆一样吗？"

"我就说那女的平时也不跟人说话，不咋出门，感情嗓子都在晚上用了。"

"到底不是什么正经人，从那副招摇的模样就瞧得出。"

新搬来的周家母子成了小镇居民的重点关注对象，茶余饭后的谈资。

没人知道他们从哪里搬来，又是为什么来到这里，以前是做什么的，又会在什么时候离开。他们只关心他们感兴趣的，聊他们喜欢的，至于是不是事实那都不重要。

那时的周母几乎是整晚失眠，一次又一次被黑夜拖入过往的深渊，攒满希望和失望的小船来回漂荡，院子里那棵桂花树成了她精神上的支柱。

传说中，树上挂风铃，风吹铃响，逝去之人会循声归家。

于是她日日夜夜地踩着铃音起舞，想为那个可能会来找她的男人指路。

很不幸，她不仅没有得偿所愿，院里的动静还吸引了好事者隔墙偷听。

大雾弥漫的平安巷中，谣言四起，愈传愈烈，引得镇上不少男人蠢蠢欲动。

和他们是讲不通道理的，打破谣言最快的方式是绝对性压制，是忌惮和恐惧。

这点周海晏很清楚。

他找了几个传瞎话传得最凶的刺头，狠狠地教训了几次。这样一来，镇上的人都清楚了这对孤儿寡母原来不是好欺负的。打又打不过，只能暗地里叫周海晏小混混，叫周母疯婆子来解恨。

有人见状识相地消停了，有人反而开始挑事。

镇东头住着唐世国一家，三十多岁的男人好面子，欺软怕硬不说，把老婆逼到自杀后，每天就三件事：喝酒、赌钱和打闺女。

那天他刚好输了不少钱，心里有气没处撒，碰巧撞上闲汉们聊到周家母子，说他们母子不好惹。当时唐世国喝了不少酒，醉醺醺的，酒壮尿人胆，他想在闲汉们跟前显摆显摆，于是当众大放厥词，说了不少轻佻难听的话。

他的话传到了周海晏耳中，还没等到第二天晚上，当天夜里唐世国前脚才从地下赌场出来，后脚就被周海晏揍得跪地求饶，鼻涕眼泪糊了满脸，连门牙都磕掉了几颗。

从地下赌场到镇东头的两里路，唐世国像死猪一样被硬生生拖到了家门口，粗糙的石子路面把他的后背磨烂了一片，血肉模糊。

周海晏逆着光，随手将哀号的男人扔进院子，用脚尖用力碾过他的手指，眼神狠厉，冰冷的声音不带任何温度。

"老赌鬼，以后再敢让我听见你这张嘴对我妈不干不净，舌头就别要了。"

剧烈的疼痛让蜷缩在地上的唐世国彻底清醒，他颤颤巍巍点着头老实得不得了。

那晚，本该挨一顿打的小河清，在忐忑不安中等了又等，靠着掉了漆的杂物间墙面，无数次战栗着从梦中惊醒，却始终没有迎来想象中的剧痛。

她听到院子里的动静，按捺不住好奇，跑下床，偷偷隔着门缝看。

月光影绰，男人身材高大，看不清样貌。

就见他半倾下身子拍了拍爸爸的脸，而一向可怕又不可一世的爸爸却只是狼狈地匍匐在他脚下，话都不敢多说一句。

唐河清一面紧张自己会不会被发现，一面又不舍得错过这难得的现世报，就好像揍她爸的人是她自己一样兴奋。

她死死捂着嘴不敢出声。

周海晏原本还想动手，却敏锐地察觉到身上多了一道陌生的视线。他顺着看过去，意外对上一双明澈的眼睛，瞳仁黑水晶似的，带着藏不住的稚气，像一只弓背紧绷着随时会炸毛的小奶猫，而小猫应该待在温暖的猫窝里，或者是舒适地被人抱在怀里，总之不应该出现在这里。

　　他既纳闷怎么这屋里还有个小孩儿，又笑这样的目光与周围的破败格格不入。

　　总归当着小孩儿的面打人不太好，以后教训他的机会多的是，也不差这一时半会儿。

　　他犹豫了下，转头踹了唐世国屁股一脚，就走了。

　　那是周海晏和唐河清的第一次见面，虽然都没看清对方的模样。

　　周海晏不知道，他走后，屋里的小孩站在那儿，朝着他离开的方向盯了好久没动，最终摇摇头，失望地叹了口气。

　　说实话，她是害怕的，但是比起对这个男人的害怕，她更希望她爸能被多打几下。

　　她甚至有些埋怨周海晏，怎么就没有把唐世国的腿给敲断，毕竟她的腿就被她爸打骨折过。

　　如果周海晏知道这些的话，怕是要后悔得抽自己两个嘴巴——他怎么就会错意了呢？就冲人家小姑娘的愿望，当时怎么也得多踹两脚。

　　不过那晚是唐河清难得的快乐时光，隔着房门传来的，唐世国趴在床上的每一句谩骂和哀号，对她来说都犹如交响乐般动听。

　　这快乐的保质期足足有三天，就连挨的骂也比平时少了不少，因为唐世国躺在床上起不来。

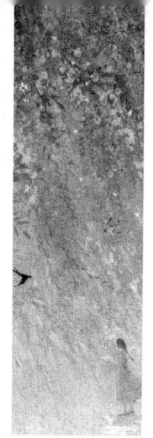

2

那一面之缘起初并未引起周海晏太多的关注。

他本身不爱和人聊八卦，但耐不住来店里文身的顾客会闲谈。

为了转移注意力，降低一些身体的痛感，顾客什么都和他聊。

周海晏被迫听了满耳朵的八卦传闻，被普及了太多唐世国的恶劣行径，什么逼死妻子，打伤闺女，抛弃父母，每一个都听得周海晏眉头直皱，怀疑这些事情的真实性，毕竟桩桩件件比畜生还畜生。

最后他连唐世国闺女叫唐河清，在一中读书，今年十四岁都知道了。

不过这倒是让他注意到一件事。

从镇东去一中上学只有两条路，其中最近的那条必然是要经过小巷的，而他却从没看见过顾客口中描述的眼睛大大的、背着帆布破书包的小女孩。

只能是她绕了远路。

周海晏稍微一想，脑子便转过弯。八成是那天吓到她了。而事实也确实如此，唐河清觉得那个男人比她爸还危险，最好离远点。

　　那时候周海晏时不时就能听到一些关于唐家的事情，后来他发现唐家是小镇八卦里的"常驻嘉宾"。

　　但他那会儿很忙，店刚开没多久，又要接生意又要出去进修，母亲的状态也不好，需要人时时看着，更别提作为八卦的受害者，他很清楚小镇人八卦的德行，死的都能造谣成活的。事情可信度大打折扣，况且他自己家都没顾好，哪有那个闲工夫当活雷锋，去多管别人家闲事？人家乐不乐意让他管还不好说呢。

　　直到那天早上。

　　天蒙蒙亮，周海晏出门运动完回来洗了个澡，就开始在一楼客厅整理工作台。

　　前一天晚上忙到很晚，没来得及收拾。有个顾客脑子抽风，非得在后背文个贞子，还要求文出连帧的效果，于是他看了一晚上的恐怖片找感觉。

　　店里营业时间是下午和晚上，上午是没人会过来的。

　　所以当他一回头看见个披头散发、脸色苍白，嘴角还有血迹的小女孩，第一反应以为见鬼了。

　　再大的胆子在那刻也忍不住颤一下。

　　面上装得镇静，实则烟烫手了都没发现。

　　等看清地上的影子后，他低声骂了句脏话，把烟掐灭，觉得自己刚刚好像个傻子。

　　周母难得起个大早，刚从厨房露个头，吓得连忙又缩了回去。

　　周海晏一脸无奈。

他看了看面前的小女孩，以为她是离家出走的叛逆少女，毕竟太多未成年人和家长吵架后非得过来找他文身，以证明自己的成熟和反叛的精神。

他摆摆手，示意她回家去，他这里不做未成年人的生意。

出乎他意料的是，小女孩非但没走，反而慢慢从校服最深处的兜里掏出了一张皱皱巴巴的十块钱，她轻轻地放到桌上，语气小心翼翼。

"听说你收保护费，那你……能不能保护我？"

那双执着清澈的眼睛，让他莫名觉得熟悉。

他似漫不经意地打探，果然，还真是唐世国的闺女。

要说让他帮忙报警也好，借钱也行，却偏偏是那样匪夷所思的要求，他正想劝她年纪轻轻思想别那么极端，结果话还没说两句，对方已经失去意识倒在他怀里了。

他抱着人，和母亲顾不得别的，急急忙忙去医院。

小镇不大，医院规模也不大，一进去不少眼熟的。

医生只是看了眼，没多问就低头开单子，周海晏拿着单子走到门口时，背后响起一道人声。

"不是我不近人情，只是我劝你别多管闲事，她家这个烂摊子沾上可就扯不清了。都是命，管得了一时也管不了一世。"

显然他认识唐世国闺女，很清楚她的伤是怎么来的。

周海晏顿了下，没回头。

每个人看法不一样，他没必要纠正别人，更没必要多做解释。

他只是不能见死不救而已。

找都找上门来了，再不管对不起他那身脱下来的警服。

只是他没想到唐河清身上的伤远超表面。一个十四岁的小女孩，看着像十一岁的不说，面黄肌瘦，全身上下竟然没有一块好肉，全是青紫，医生甚至说她的腿骨折过，耳朵听力还有些问题。

他简直不敢想象，唐世国的行径怎么会如此恶劣！

那一瞬，他是真的有些后悔当时怎么没弄死他。

"周海晏！你安稳点行不行？"母亲严厉的呵斥响在耳边。

自从父亲牺牲后，周母就变得胆小、敏感、不安，尤其在意他，将他的安全看得比什么都重要，一点危险都不能有。为了迁就母亲，他放弃了这些年一直以来的追求。

母亲的话将他从失控的边缘拉回，他扯了扯唇角，嘲笑自己什么时候变得这么义愤填膺了。

就是一个遭遇让人同情的可怜小孩罢了。

只是，当看到她醒后眼中的茫然和依赖，捧着杯子喝糖水时的珍惜和不舍，检查耳朵时因经济窘迫而生的无措和固执，嗓子说不出话手口并用的单纯和真挚，因为一碗粥感动到落泪的受宠若惊，明明是自己听力受损却反过来安慰别人的细心和懂事时，他突然觉得永远地烂在那个家里不应该是她的归宿。

她就像被错养在"虐宠"主人家的布偶猫，本来应该享受着精心照料，偶尔傲娇地舔舔毛，却硬生生被困在一隅之地，折断脊骨，过了很长一段时间的苦日子。

他忍不住故意逗她，母子俩一唱一和，配合默契。看到她破涕而笑，眼睛弯弯的像月牙，他突然觉得，养个小孩好像也不错。

　　母子连心，他还没说出来，母亲就已经举双手双脚赞成了。

　　母亲在唐河清身上看到了十四岁的周寄秋，救她也是救当年的自己，况且她第一眼就和这个小孩投缘，她这辈子常常遗憾自己没有儿女双全，凑不齐一个"好"字。

3

把小孩带回家的第一个晚上，她没吃饱。

母子俩都看出来了，却不约而同地保持沉默。

晚上，母亲特意留出一份饭菜放在锅里保温。

剩下的事情就交给了周海晏。

他并不因此觉得小孩麻烦难养，反而觉得她懂事得让人心疼。

这不是唐河清的问题，是他没给她足够的安全感。在那样的环境里长大，她的谨小慎微如同毒药已经深入骨髓，怎么可能到了一个陌生的地方就立马随遇而安，好像变了一个人？

他要做的不是批评教育，而是引导和等待。

不过有一点失算，他以为自己足够有耐心等到她自己饿了走下来，但这场无声的较量，以周海晏听到二楼床板的第十三次嘎吱声后忍不住敲门而告终。

没办法，这小孩太能忍了，他怀疑如果他不摊牌，不出两天，她能把自己饿死。

拙劣的伪装被拆穿后，小孩又开始掉小珍珠。

周海晏没办法，只能掏出上次装进兜里的十块钱，示意她不用不好意思，这是他收钱办事，理所当然。

这招果然有用，小孩知道乖乖吃饭了。

但她还是习惯性撒谎。

唐世国人很烂，教小孩的大道理也奇烂无比。

什么叫早上五点不起床就是好吃懒做，什么叫你已经长大了需要自己独立赚钱养活自己，什么叫吃饭超过五分饱就是不礼貌，什么叫女人生下来就承包了家务活，什么叫女孩子不能上桌吃饭，什么叫一顿饭夹菜不能超过四次……

一大堆的全是胡话歪理，照这么下去，再好的孩子也给他教毁了。

周海晏列了个字条目录，每一点都和唐世国教的反着来，他让唐河清每天背一遍，刻在脑子里。

时间一久还是有点效果的，小孩性格开朗了不说，原本苍白不见血色的面容也红润了些。

这种肉眼可见的改变给周海晏带来极大的满足感和成就感，养成系的快乐很容易让人上瘾，如同亲手将一朵小玫瑰种下，然后看着它在土壤里慢慢生根发芽。

以前他出门只是为了办事，现在出门都会想着回去给家里的小孩带些什么。莫名肩上有了一种责任感和使命感。

小孩还很乖。

虽然没什么艺术细胞，画画也只会画瘸腿的火柴人，但她可会捧场了。

安静地坐在周海晏边上看书学习发呆，陪他工作，劝都劝不走。

这个年纪的小孩大都爱玩坐不住，周海晏担心她陪着无聊，可后来发现，她和别的小孩倒是一点儿也不一样，光是盯着他的手什么都不做，也能津津有味地看两个小时，就随她去了。

毕竟有人陪着总归是不一样的。

只是没想到正巧被她撞上母亲生病。平时这个点，唐河清早就睡了，那天是因为第一次拥有属于自己的新衣服，心心念念，太过兴奋。

他们都以为她会害怕，因为小镇上的人都这样。

但实际上，她只默不作声地陪着看着等着，细致地给母亲擦脸换衣，一句轻描淡写的"不怕"几乎击碎了周海晏最后的心理防线。

她细心地陪着母亲学跳舞，逛菜市场，陪她聊天说话，敏锐地察觉到每个人的情绪变化。

她就像是个不刺眼的小太阳，柔软的外表下是坚韧向上的内核。

他和母亲对唐河清好只是单纯地想对她好，并没有什么目的，也从没想过要从她身上得到什么回报。

因此他们不知道，"小太阳"一直在不为人知的地方努力长大，就期盼着有一天能为他们做些什么，发光发热。

那天，周海晏看到母亲和唐河清一大一小满身狼狈地走回来，一瞬间心脏都停了。

没能从母亲口中听到想要的答案，周海晏的脸色沉了又沉。

他最不想看到的就是她们受欺负了却什么也不肯说。

小河清见周母迟迟不开口，气不过告状，说出了真相，却没想到因此引起了母子俩的激烈争吵。

一个想为她们撑腰，力求公平公正；一个却只想安安稳稳，咬碎牙忍耐。

在母子的这场较量中，周海晏最终还是让步了。

从一个小时前母亲进房间，他就坐在门口，盯着那棵桂花树，眼神幽深，辨不出情绪。

仿佛有股暴虐的因子在血液里来回乱撞，几乎要压制不住，这种冲动甚至要驱使他砍掉这棵树，从此与过去斩断关联，再也没什么可以束缚住他的手脚和母亲的未来。

但他不能这么做。

身旁小小的影子落了下来，是小河清挨着他坐下。而周海晏却不敢转头看她，他害怕从那双眼睛里看到失望、埋怨、委屈甚至是泪水。

令他没想到的是，她不仅没有失落，反而兴致勃勃地在那儿详细地讲述着她心里的记仇小本本。每个欺负过她们的人都有精准的外貌速写。那一句句不失童真的话，如一条温暾的涓涓溪流，轻轻淌过，不知不觉中抚平了周海晏的躁郁。

他看着面前转得骨碌碌的眼睛，不由得笑出了声。

小猫很可爱，只是她自己不知道罢了。

一直以来周海晏都信奉用暴力制服暴力，但这并不代表他不会动脑筋，相反后者是他尤为擅长的。

他八卦听得多，只要有心留意，不难顺迹摸出她们那些不可告人的秘密。再根据那天小河清的描述——对上号，添些油加点醋，在真相的基础上加以艺术创作，录进喇叭里，走街串巷，循环播放。

尤其是那个长头发塌鼻梁脸化得像唱戏的，她骂别人不守妇道，实际上她自己才是最爱乱搞男女关系的那个。

周海晏特意在她家门外把喇叭声开到最大，绕着房子转圈，就为把她喝多了正在打呼噜的老公吵醒。彼时她正追求刺激在和男人私会，被当场捉奸在床。一片混乱争执中，不仅脸被挠得破了相，头皮也被拽落几块。

不出半天，这些丑闻满天都是，传得沸沸扬扬，成了占据小镇长达一个月之久的热门话题。从此，无论惹过没惹过周母和小河清的，再看见她们都客客气气，离得远远的，就怕下一个遭殃的是自己。

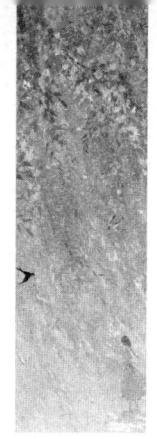

4

日子渐渐平静下来。

这边的周海晏还在跟母亲商量着二楼小河清的房间怎么进一步布置的时候，那边的小河清早已陷入即将分别的矛盾和感伤中，总想做些什么来加深自己和这个家之间的羁绊。

起初周海晏还欣慰地感叹，小孩养熟了知道黏人了。

后来他感觉哪哪都怪怪的。

这又是做家务，又是做饭的，把他的活抢了不说，尤其那个饭，心意到了就行，没必要真做。

本来他寻思着顾及一下小孩的面子，难吃也硬着头皮吃下去，没想到他妈这么直接，更没想到唐河清对自己的厨艺没半点清晰的认知。

看着面前那碗造型奇特、卖相炸裂、味道难言的蛋炒饭，这一刻，他心里难得有些变态地想，他也不过就吃了这一次，而唐世国那老畜生可是吃了好几年。

后来他在工作室画稿，唐河清像个小陀螺一样，围着转个不停，捏肩、捶背、扇风，贴心得让人害怕。一下午，啥也没干，水倒喝了十几杯。

一切都像极了离别的前兆。

果然不出他所料。

晚上在饭桌上，小孩的不安都快溢出来了，全程头也不抬，蔫不唧的，问什么也不说话，浓长的睫毛湿漉漉的。

周海晏在心里长叹了一口气，是他的失误，没说清楚，让小孩心里想岔了。

他故意调侃，是不是上了学就不回家了。就是在明晃晃地告诉她，这儿就是你的家，安心住下来，无论什么时候都可以回来。

从她住进来的那天起，他们就没想过让她离开。

果然还是小孩子，情绪都写在了脸上，来得快走得也快，眼角还带着泪花呢，就笑出了鼻涕泡，嘴角两边浅浅的梨涡弯弯，可爱到化了。

他想，是不是得找个时机，把她的户口迁过来，跟唐世国撇得越干净越好。那个老赌鬼照这样下去迟早要出事，到时候别再连累小孩上学、工作。

把唐河清加在他家户口簿上，他就多了个可爱的妹妹，他妈就多了个心心念念的闺女。

话说回来，他到现在还没听过唐河清喊他一声哥哥。

她真的像小猫一样，不仅长得像、性格像，就连声音都很像，细脆清甜，说话绵言轻语的。

上次口误喊了母亲一句妈妈，妈妈在他面前炫耀了整整两个星期，顺脚踩他这个哥哥当得不称职，人家都不乐意给他个名分。

表面上周海晏很是无所谓，表示不就是一句哥哥吗？没什么大不了的，不喊就不喊。

晚上躺在床上翻来覆去，郁闷得睡不着。

不是，他哪里做得不到位了？凭什么不给他名分？

他越想越气，决定改天找他妈好好商量一下领养的事情，直接从法律层面给自己争取个身份。

也是巧了。

他这头还在想着名分，唐河清那头就已经借着他的名号狐假虎威了。

周海晏观察能力一流，小孩回家后的行为举止很奇怪，异常的殷勤。

就差把求人办事写在脸上了。

得知她在学校的事，他一方面生气他家小孩这么乖，怎么还有不长眼的想去欺负她；另一方面又欣慰她终于支棱起来了，不再逆来顺受，也会保护自己了。

周海晏打算去开家长会的时候，顺手把那些"问题少男少女"给治老实。

他默不作声的样子落在唐河清眼里就成了拒绝的信号。

她抓住他的手乱晃，一句句脆生生的哥哥不要钱似的往外冒，撒娇手法虽然不熟练，却像突如其来的大饼，将周海晏砸得晕晕乎乎的。

他挑了下眉，以一副"原来你竟然是这种人"的表情看着唐河清。

有事就"哥哥",无事就"周海晏"。

调侃的目光让唐河清耳尖都红了个彻底。

她这点确实心虚,直到看到周海晏点头,才松了口气,连忙掏出兜里准备好的大花臂贴纸。

她看那些社会人都这样,大花臂、紧身裤、豆豆鞋。

期待的眼神太过热烈,周海晏拒绝的话一时卡在嘴边又咽了回去。

怎么弄,哥哥都应了,不能事儿不干吧?

只是左青龙,右白虎,他夹在中间好像个"二百五"。

他本来没想戴着墨镜出门,但妈妈硬不让他拿下来,说这样搭配看起来更有气势,正好给小河清撑场子。——如果妈妈没有一看到他这身装扮就笑得蹲地上眼泪都流了出来,她这话还能有点可信度。

一路上的回头率简直拉满,还有路人大着胆子问他是不是什么大明星,过来拍武打片。

他隐隐感觉可能用力过猛了。

直到在校门口被保安拦下来不让进的时候,他不得不承认确实用力过猛了。

他快把嘴皮子磨烂了,保安大爷都不让他进。

"你说你是唐河清的哥哥你就是啦? 拿什么证明? "

磨蹭了半天,好说歹说,又拿出身份证做了登记,保安大爷这才松了口。

　　震慑的效果不错，就是文身贴便宜了些，贴上手臂发痒不说，重点是它还反光，没办法他只能凭借比那些小孩多吃了几年饭的优势，随口编了套说词强行混了过去。

　　开完家长会，他又去找了班主任，了解一下平时唐河清在班里的情况，又问了不少同班同学。

　　最后一一找到那些"问题学生"的父母，摆事实，讲道理，又刻意露了露便宜的文身贴，软硬兼施，终于说服这些"问题学生"的父母，纷纷替孩子道了歉，并承诺以后一定严加管束，绝不再犯。

　　他们能不能说到做到不重要，反正他已经清楚提醒过了，再犯那就别怪他不客气。

　　赶得早不如赶得巧。

　　他办完事想回教室和她打个招呼的，没想到刚走到门口，就见小孩边上围了一圈人，她坐在中间侃侃而谈，周海晏好奇，就停在那儿没打扰，想听听她到底说了些啥，让她每说完一句，周围就倒吸一口凉气。

　　"你哥哥好帅啊！"

　　她说："他很凶。"

　　"你哥哥好高！"

　　她说："他打架很厉害。"

　　"以前怎么不知道你有个哥哥？"

　　她说："他到处给人干事儿，走南闯北的，最近才回来。"

　　周围一圈人吓得不敢吱声。

她仍说个没完："我哥脾气大得很，而且最疼我了，要是让他知道谁敢欺负我，保准叫谁好看。"

周海晏越听越不对劲。

什么仇什么怨？这分明是公开地诽谤他啊！

他还没说话，先有同学发现他了，纷纷往后让出一条道。

她这才后知后觉地回头。

吹牛被抓包，仅慌了一瞬，很快重新进入角色，把戏升华了。

唐河清一把按住周海晏的手，惊恐大喊："哥哥，不要冲动不要冲动，有事好商量，不要动手，不要打人。"

周围发出一阵猛烈的唏嘘和惊呼。

他额角跳了跳，一时间真不知道要不要顺着她的话装腔作势一番。

刚有动作，一窝蜂地，周围散了个干净。

行啊。

真是一场酣畅淋漓的配合。

家长会谈到了月考成绩，唐河清考得不是很理想，甚至可以说极其不理想，周海晏想破脑袋都想不出来，数学十七分是怎么考出来的。

罢了，哥哥都当了，顺便教教孩子吧。

只是他没想到他也有看走眼的时候，谁能想到辅导一个月，唐河清的数学成绩能上升一百分，总分一百二，就扣了三分。

感情这小孩在扮猪吃老虎。

他越看面前的人越觉得，她天生就应该和他姓周，这妥妥的周家人，和他当年一样聪明。

周海晏这人不迷信，但有一点，他和他妈一样特别相信缘分这种东西。

有些人这辈子能相遇那必然是命中注定的。

他俩连名字都很有缘，他爸还活着的时候，写毛笔字就爱写"河清海晏，时和岁丰，国泰民安"这句。

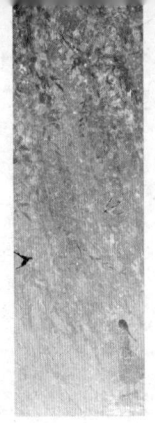

5

六月二十六日这天是周海晏的生日，但他一向不爱过。

不知道唐河清是从哪里知道的，一大早就起来给他煮了长寿面。

他不想扫兴，知道她没有自己的生日，就顺势把寿星公让给她当了。

正好这么久，也没机会带她出门玩玩。他租了辆车，带上母亲和唐河清一起出门兜风。

都说没有逛过游乐园的生日都是不完美的。

于是从镇里到县上再到市区，他带着她们一口气去了十四家游乐园，虽然间或会碰上规模很小的，甚至倒闭停业的游乐园，但大家依然很开心，热情高涨，每一次出发都兴致勃勃。

她的想象力很丰富，为每一家游乐园都编了童话故事，母亲听得津津有味。

不吃甜点的周海晏亲手做了一个三层的粉色城堡蛋糕，那是他第一次吃完整块小蛋糕，却一点儿也不觉得鄁人。

有人感慨有缘，有人怕缘分还不够深，所以唐河清把生日也定在了同一天。

此后，每年的六月二十六日，对周海晏来说，都有了新的意义。

母亲很喜欢唐河清，她总觉得唐河清就应该是她的闺女。第一眼瞧见唐河清，就有一种发自内心的亲近感。

周海晏从小就很独立，又是个男孩子，他长到这么大，基本没怎么让她操心，也就没什么机会让她释放母爱，现在来了个闺女，让她好像又回到了二十年前，有了新的目标和责任，状态明显好了不少。

日子越过越幸福，并且将一直这样幸福下去。

可惜，事与愿违。

谁都没想到，消失了两个多月的唐世国回来了。

这段时间他一直在外面赌博——自从上次赢了一回，他感觉自己摸到赢钱的窍门了。最近这两个多月，他逮着机会就戴着那副眼镜一番施为，胜多败少的结果更是让他信心大增。

他只恨自己本钱太小，没办法赌更大的，不然的话，狠狠赢几回大的，岂不是也能成为像朱老板那样的大富翁？但是再从什么地方寻些钱出来呢？他之前欠的债太多了，信用又不好，不可能再有人借钱给他。

正当他一筹莫展时，他突然想起来他还有个闺女，听说现在和周家相处得很好，都快成一家人了。

虽然不知道周家什么来头，但那文身店不缺生意，从他们的穿着打扮也能看出来是不差钱的主儿，二十万应该拿得出来。听说他们很喜欢自己的闺女，那找他们借这么点钱应该没问题吧！

于是唐世国胸有成竹地找到唐河清。他不敢直接去找周海晏，说到底还是有些怵他，但唐河清就不一样，她从小就怕他，他让她往东她绝不敢往西。

唐世国斜着眼睛，打量着久未见面的闺女。感慨不过两个多月，这小丫头被养得还挺好，面色红润，脸上都有些肉了，日子过得比她老子还舒服。

他满心算计，张口就要二十万。

一瞬间唐河清甚至怀疑自己是不是耳朵出毛病了，要不然怎么会听到这么厚颜无耻的话？

她面无表情地发出冷笑。

"二十万，你觉得自己配吗？我反正没那个本事。"

见唐河清这个态度，唐世国恼羞成怒，当即甩了她一巴掌。

令唐世国想不到的是，唐河清的变化如此彻底，连翅膀都硬了起来，不但胆敢拒绝他的要求，甚至还敢讽刺威胁他了。

"要钱没有，要命一条，你要么现在就弄死我，不用等明天。当然，弄死我之后，你下辈子就在监狱里度过吧。"

尽管唐河清的态度很坚决，但唐世国那样的人岂会轻易放弃？他就像一块狗皮膏药紧紧黏着周家，甩都甩不掉。

他在学校堵唐河清，在菜市场堵周母，在镇子里到处造谣破坏周海晏的生意。

苍蝇不咬人，但恶心人。

再怎么说他也是唐河清的父亲，周海晏不好直接动手做些什么，最多警告两句。

但没想到的是，唐世国喝多了酒，又跑到巷子里嘴里不干不净，大声诅咒所有与周家有来往的人，骂得十分难听，骂到后来，竟然丧心病狂地骂到了周海晏的父亲头上，污蔑他以身殉国是"恶有恶报"，活该短命。

心上未愈合的伤口再次被血淋淋地剥开，母亲听后当场气到昏厥。

周海晏没忍住，额头青筋直接暴起，薅过唐世国的头发就往地上撞，比以往的任何一次都要狠。直到揍得他半死不活，即将昏厥，周海晏才停手。

唐世国最后是一路爬着回家的。

直至跌跌撞撞的背影消失在小巷尽头，周海晏才收回视线。他转身就见小小的影子蹲在门口角落，就那么安静地一动不动，也不出声。

一瞬间空气滞住了。

周海晏意识到刚刚唐河清看到了全程。

当面揍了人家的亲爸，即使事出有因，也不是每个人都接受得了的。

周海晏烦躁地搓了搓砸到出血的拳骨，有些担心唐河清会因此怪他。

他抬起眼，与她的目光隔空相对，试图从她的眼睛里看出点东西。不知道是不是他的错觉，他看到了一丝心疼。

她慢慢站起身，从台阶上走下来。周海晏这才注意到她手里拎着一根木棍，看着很像厨房里的擀面杖。

她掰开他的手，将木棍放进他手心，实木的木棍有些分量。

她的语气很是郑重："下次用这个打，不要为这种人脏了你的手。"

周海晏下巴稍扬，眼神中透露出几分意外，直勾勾地看着她，唇角慢慢弯起浅浅的弧度。

他顺从地接过木棍，跟着她来到工作室。

唐河清拿出医药箱，给他处理伤口。

宽大的手背红肿一片，关节处严重擦伤，破了皮的肌肤翻卷着，露出深处的血红，十个骨节无一处幸免，有的甚至肉和皮严重分离。

她红了眼圈，伸出手轻轻触碰伤口边缘，都不敢用力。

"疼不疼啊你？"

说着低下头嗓音哽咽："我给你吹吹，就不疼了。"

小时候村里的老人就是这么哄她的，不知道是不是心理作用，她每次都觉得没那么疼了。如果不是她，周海晏今天也不会受伤，周阿姨也不会被气晕。

周海晏摇了摇头，看着她认真地给他包扎的侧脸，指尖动了动。

他爸没去世以前，他妈对他管得很少，几乎是放任式的。

那时候他十六七岁，正值年轻气盛，没少打架，经常带着一身伤回家，而妈妈几乎从来不过问他发生了什么，只会很温柔地给他包扎伤口，她说她相信她的儿子有分寸，不会胡来。

后来二十一岁的周海晏搬进小巷，再打架已经没人给他包扎了。那时妈妈的状态已经变得很糟糕，有时甚至会把他认成他爸，那些不严重的伤口自然也就随它去了。

他没想到小河清给出的回应这么让人意外。

心头涌上难以言说的感觉。

他用腕骨处轻轻擦了擦她的眼角，带走一片洇湿的泪迹。

他说："不疼的，没感觉。"

6

这一顿打，换回了大约一个月的平静生活。

其间，小巷迎来了一位不速之客。

周海晏看到付远的那刻，心情出乎意料的平静，因为他知道这一天迟早会来。

付远是他在"公大"的同学，也是四年的好兄弟，他们既是可以把后背交给对方的战友，也是憋着一较高下的竞争对手。

那时他第一，付远第二，无论哪种比赛成绩，他俩的名次都是这个顺序，因此在学校里还出名了一把。

他们经常在一起训练，一起研究更先进的排查方法、更高效的抓捕手段，还约好了毕业后一起去边境当缉毒警。

可惜这些美好的畅想和约定终究没有实现。

大四那年，父亲的突然牺牲改变了一切，为了缓解母亲的病症，周海晏不得不放弃学业，选择离开生活多年的城市，甚至没来得及和付远道别。

他不知道怎么跟付远解释，但他知道以付远的聪明，终究是能明白的。

离开之前，他将唯一的缉毒警推荐名额，让给了付远。

在这条路上，他偏了航，他希望付远能替他走下去。

他没有想到的是，付远竟然拒绝了。毕业之后，付远放弃了周海晏留给他的推荐名额，在没有任何信息指引的情况下，辗转来到这座一千八百公里之外的城市，成了市局的一名普通民警。

说心里不感动那是假的，只是他不擅长表达。

一句好久不见包含了太多。

他们还是那样熟悉，时间并没有冲淡他们之间的情谊。

付远能找到周海晏，与唐河清还有直接的关系。

他刚到这座城市工作不久，就听同事说起过唐河清——可怜的小女孩隔三岔五就会去分局报案，举报她爸爸家暴她。

对她的遭遇，分局的同事都很同情，一些心软的女警察听了，心疼得直掉眼泪。只是这种家暴类案件不好处理，不是很严重的话，大多只能以批评教育为主。

唐世国又是个老油条，警察上门警告他的时候，他态度好得不得了，一边解释说小孩子太调皮实在没忍住，一边又赌咒发誓下次绝不再犯。在这样的情况下，警察也拿他没有办法。

这样的次数多了，分局的同事便将情况通报给了社区，希望社区能就近善加劝导。不过唐河清却不依，仍坚持每次都去分局报案。

这次付远是去分局公干，办完正事闲聊的时候，分局同事又说起了唐河清，十分感慨地说唐世国的闺女总算熬出来了，一对外地搬来的母子收留了她，把她当作亲闺女、亲妹子一样对待。

霎时，付远脑子里灵光一闪，第六感告诉他，这对母子很可能是他找了许久的人。

结果证明，他的感觉没有错。

答应要做一辈子的好兄弟，就那么一声不吭跑掉算怎么回事？他可没同意。

很久以前，他就已经将周海晏当作亲兄弟一样看待。

他一出生就没了父母，从小在孤儿院长大。好不容易考上大学，却因为自卑内向，别说交到知心朋友了，就连跟他走得近点的人都没有一个。

虽然实际情况符合，但他却没有申请到学校的贫困生补助。在他自己都认命放弃的时候，班长周海晏站了出来，不断向班主任和辅导员反映，甚至不管不顾地堵在校长办公室门口，直接向校长举报。

就这样，周海晏为他争取到了他应得的贫困生补助，他再也不用发愁怎么填饱肚子了，可以将全部的注意力都放在学习上。

也许是命中注定的缘分，大二的时候调整寝室，他和周海晏被分到了同一个寝室，成了室友。

周海晏经常能收到他父母给他寄来的零食，什么肉干、海鲜、坚果之类，不一而足。每次他都会招呼着付远一起吃，说是家里寄得多，吃不完就放坏了，帮他分担一些。

就连衣服也是。

北方天寒，付远过冬的厚衣服很少。

周母又给周海晏快递过冬的衣服、鞋帽。有些衣服、鞋帽尺码小了，周海晏穿不了，周海晏便打着不要浪费的名义送给付远了，付远穿着倒是正合适。

开始付远还真以为是巧合，主要周海晏的态度太自然了，一点也看不出来是装的，直到后来有一天，他无意中听到周海晏和他妈通电话，才知道是他央求他妈寄双份过来的。

付远这人不太会说话，但他心里都明白。

这份恩情他一直都记在心里。

即使大学四年，他一次都没见过周母，但在他心里周母和他的妈妈没什么区别。

付远刚找上门时，周母还很开心，直到她得知付远和周海晏是同学后，态度就冷淡了下来。周父牺牲的事付远多少清楚，他理解周母的心情，所以尽量挑晚上去周家，不让周母看见他。

面见得少，事做得一点不少。

早上去菜市场挑最新鲜的菜递到周家门口，特意穿上警服登门——警告那些造谣中伤周母，不怀好意之人……但凡周海晏这个亲儿子该做的事，他这个"干儿子"一件不落。

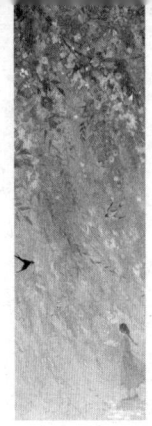

7

唐世国还是不死心，动不动就来周家骚扰。

总不能真把他打死，对付这样的恶徒最好的办法就是把他送进监狱。

而根据当时的法律条文顶多予以十五日拘留，除非是按照故意伤人罪，达到一定的标准，才能将他判个几年。

没想到唐河清对他俩那天说的话上了心，她面上不说，心里却早有打算，等他们反应过来已经迟了。

没人知道周海晏看到她满身是血躺在地上奄奄一息的瞬间，他的心脏几乎停了。鲜血顺着她苍白的额头流出来，长发被血液浸成一缕缕的，右手腕呈现不正常的扭曲形状，长裙已经染红了大片。白与红的强烈对比，刺目而鲜艳。

甚至那双明亮的眼睛都开始涣散。

一时间判断不出伤势的轻重，周海晏的手心冷得像冰，无边的恐惧在心底蔓延。

他颤抖着把人抱起，一路匆忙赶去医院。

直到听到医生说的那句"没有生命危险"才松了一口气。

这是周海晏第一次生唐河清的气，也是他第一次这么失态地对她发火。

她才十四岁，可做起事来却像四十岁的亡命之徒，凶狠决绝，不计后果，完全不拿自己的生命当回事。

她好像觉得没人会在乎她，可事实是周海晏在乎，周寄秋也在乎。

过往的经历是一层挥不去的阴影，他理解原生家庭给她造成的伤害，可人不能一直活在过去。

无数次，他都在教她往前看。

如果唐世国不爱她，于婉柔不爱她，那周海晏爱她，周寄秋也爱她，以后还会有很多人爱她。

但所有爱还有一个前提——自爱。

人只有爱自己，才会相信和接受别人的爱。

唐河清那么聪明敏感，她不是不懂，只是不敢懂罢了。

她甚至连承认错误时都不敢把自己看得太重要，宁愿把自己贬得一文不值，认为自己是个麻烦，也没有底气说周海晏生气是因为心疼，因为关心，因为担忧。

她太自卑了。

看到唐河清掉眼泪，周海晏下意识地想去哄她，又硬生生地忍住，冷着脸出去了，他怕再待下去会绷不住。

他下定决心得借着这次机会让她长长记性。

周海晏拿着医生开的单子和检查报告，去药房取了药，给妈妈回了个电话。得知唐河清挨打进了医院，母亲吓坏了，电话一个接一个地打。他当时只匆匆回了两个字，没事。也没来得及说清楚情况。

母亲在家里提前炖好了鸽子汤，原来打算亲自送到医院来的，但周海晏不让她过来。因为他知道唐河清一掉眼泪母亲肯定会当场化身慈母，完全严肃不起来了，到时候他就成了唯一唱黑脸的那个，最后被骂的人八成是他。

他拎着汤再次回到病房时，看到满脸泪痕，眼睛肿成核桃，哭得要多惨有多惨的人吓了一跳。

他刚刚说的话太重了吗?

他只是出门了一小时，怎么搞得好像他抛弃了她一样。

周海晏陷入短暂的自我怀疑中。

没等他想明白，眼看唐河清又要哭，他急忙先发制人掩饰心虚。

"哭哭哭，福气都哭没了。"

面前的小女孩顶着通红的鼻尖，眨巴眨巴眼睛，眼中的泪花要掉又不敢掉，小心翼翼的样子。

周海晏松了口气，刚打算好好批评她两句作为收尾，结果小女孩突然"哇"一声大哭了起来，眼泪好像泄洪一般，拦都拦不住，哭得要多凶有多凶。

周海晏头痛地想，没让母亲过来是对的，否则现在他小命不保了。

他啧了声，无奈地放下保温桶哄人。

　　唐河清在医院住了一个星期，出院后，周海晏和付远一直暗中监视唐世国，线索都有了，就差证据控告他了。

　　或许是老天爷也看不下去，出手帮了他们一把。

　　得知他们在找唐世国出老千的证据，唐河清想起来之前她回家拿存钱罐，看到桌上放着一副扑克牌，旁边还有一副好像眼镜一样的东西，但她爸没有近视。

　　通过唐河清提供的线索，付远亲自出马，顺藤摸瓜，终于将唐世国人赃并获。

　　他们本来是追查唐世国的犯罪证据，没想到成了破获涉及两家地下赌场的大案。原来唐世国的出老千工具是朱老板给的，而他在另一家赌场出千时，被人当场揭发。

　　两个赌场的冲突一触即发，有人报了警，朱老板开设的赌场也被一锅端。

　　到最后，也不知朱老板给唐世国许了什么好处，唐世国将朱老板的罪名也都揽到了自己身上，心甘情愿地做了朱老板的替罪羊。

　　赌博罪、诈骗罪、高利转贷罪等数罪并犯，因情节恶劣，所涉金额较大，2014年1月1日，唐世国被判处有期徒刑四年零九个月。

　　直到这时候，周海晏才明显感觉到唐河清放下了最后的顾虑，真真切切地融入了周家。

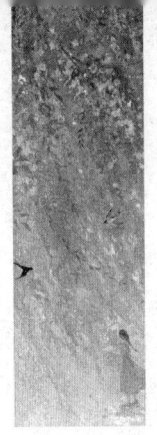

8

因为伤都在身上显眼的地方，等到好得差不多时，唐河清已经被迫在家自习了一个半月。

终于到了可以解除忌口的这天，母亲给唐河清做了她最拿手的麻辣小龙虾，不仅馋到了唐河清，还把前一晚熬了通宵正在补觉的周海晏也给香醒了。

周海晏在二楼卧室里就闻到了这个味儿了。

他半眯着眼，走到客厅，就见唐河清专心致志地坐在餐桌前，面前分门别类地摆着几个碗，正吭哧吭哧地剥虾壳，每剥完一个虾尾，就给它放汤汁里涮涮泡泡，一直剥也不见吃，虾肉都垒了小半碗了。

他看得想笑，这家伙吃个饭弄得像过家家一样。

等她终于剥得差不多，打算动筷子的时候，周海晏起了坏心眼。

他故意装作没认出来的模样，指着虾肉明知故问，说这是什么，好不好吃。

他知道唐河清单纯好骗，但没想过她这么好骗。一碗虾肉都被他骗下肚了，人还没反应过来呢。

他不喜欢吃虾是不假，但主要是因为他不爱剥壳。

唐河清的眼睛睁得圆溜溜的，一时间愣住了，目光充满了不可置信。

周海晏见状不但没生出丝毫的愧疚，反而变本加厉。

他笑得一颤一颤："别说，饭还是骗来的香啊。"

等唐河清意识到自己上当时，下意识地转头告状。

那一声清脆悦耳的妈妈，使得周海晏脑子里瞬间警铃大作，手忙脚乱地去捂她的嘴。

正在炒菜的母亲飞快地冲了出来，手里竖着的锅铲差一点就落到他头上了。

这不公平！

他只是骗了她一点虾肉吃，她却差点要了他的命！

对面的少女笑意粲然，澄净的眼眸中藏着几分灵动的狡黠，仿佛是阳光融入其间。

周海晏眉梢轻挑，静静地看着她，不自觉地微微勾起唇角。

以前的唐河清，就像一只完全收起爪子的小猫，好像没有脾气，即使掩藏得很好也能看得出来她的拘谨和小心翼翼，从不敢理直气壮地要求什么，更不会心安理得地接受他们的付出，仿佛心里早做好了随时一切都被收回的准备，并且觉得理所应当。

她习惯性的顺从和讨好无形之中在他们之间竖起了一道看不见的障壁，即便距离再近也会有种疏离感。

周海晏很不喜欢这种感觉。

如果她一直这样小心翼翼不肯接受，那他们对她的好反而会成为她心理上的负担，也许连她自己都不知道，但这种负担说不定哪天就会压垮她。

而现在他明显察觉到，她在慢慢改变。

这让他莫名地愉悦。

为了哄唐河清开心，他把剩下的大半盆小龙虾都帮她剥了。

说来也巧，当天晚上唐河清正好迈入了女性成长的一个新阶段。过量食用刺激性食物导致她第一次"大姨妈"痛得脸色苍白，直不起腰。

周海晏没有经验，为了照顾她一晚上都没敢合眼。半夜眼皮子困得直"打架"，还得一刻不停歇地给怀里的小孩揉腰时，脑子里突然冒出四个字："罪有应得"。

第二天一早，因为惦记着要喊唐河清起床上学，周海晏没到六点就起来了。

他跑到对面房间，把脏衣篓里的床单、衣服拿到洗手间，放到冷水里泡了又搓。

怕唐河清起来看到尴尬，洗完就先放盆里没晾。

等把家里收拾妥当，早饭做好，他才去喊人起床。

"七点了，醒醒。"

"七点零五分了，快起来。"

"七点十分了，唐河清！"

"你再不起来要歇菜了！"

叫也叫不醒，推也推不醒。

周海晏深吸口气，弯腰直接把床上的人抱了起来。

然后飞快地给她套上拖鞋，半扶半推着往洗手间走去。

其间，他自我安慰着，还好，还不算睡得太死。

起码把牙膏挤好递到她面前，她就算不睁眼也能下意识地接着。

起码拿热毛巾给她擦脸，她就算迷迷糊糊的还知道下意识地喊烫。

等她彻底清醒收拾妥当，离上课已不到十分钟。

周海晏顾及她身体不舒服，路上下雪又不好走，一路把她背到了学校。

就这一回让他彻底长记性了，后来她生理期的时间、注意事项，他记得比唐河清本人还要清楚。

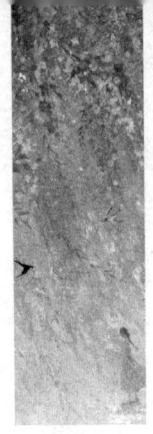

9

    时间过得很快，不久便迎来了新年，这是他们在一起过的第一个春节。

    母亲破天荒地对付远放下了成见，邀请他过来吃年夜饭。

    那天的唐河清打扮得像个年画娃娃，而周海晏也收到了人生中最特殊的一朵向日葵，它永远不会凋谢。

    "我检讨，我太贪玩儿了，打乒乓球害人害己，我拒绝……"

    那年的小品，实在让人忘不掉。

    在一片欢笑中，周海晏找到了生活和存在的意义。他突然发觉这样的生活也挺有意思，即使他没能走上梦想的那条路，但也许人生本就是这样——虽然意外不断，却同样能感受到幸福。

    过完年，因为即将中考，已经初中三年级的唐河清学习压力陡然增加，每天早上五点就得出门去学校，晚上十点才能回家，能和他们真正相处的时间寥寥无几。

    眼看着小姑娘一天比一天瘦，脸一天比一天尖，周母每晚都给她煲汤做夜宵加餐，只是唐河清学习消耗太大，又没什么食欲，也吃不下太多。

有时候甚至吃饭吃到一半，就端着碗睡着了。

他们心里再着急也插不了手，因为每个人有每个人的路要走。

周海晏也只能在唐河清趴桌子上睡着了的时候，默不作声地把她抱到床上，然后替她整理好文具，以便她第二天上学时节省点精力。

生活有时候就是这样，刚刚幸福了一点点，不幸却陡然来临。

在唐河清忙于功课的这半年，母亲的病情又开始反弹，很快又回到之前最严重时的状态，甚至还要严重。这个情况，唐河清直到中考结束之后才发现。

母亲常常半夜惊醒，流着眼泪在那棵桂花树下伴着铃音起舞。

周海晏和唐河清一起默默坐在门口守着，逐渐成了一种习惯。

一开始他们都以为这是母亲纾解郁结的方式，熬过去就好了，但到后来才发现，无论是看书或者发呆，母亲经常会不知不觉便泪流满面，晚上无法入睡只能依赖安眠药，也没有食欲，好像对什么都无欲无求，提不起兴趣。他们这才意识到事情的严重性，这些明显都是抑郁症的症状了。

但母亲固执地认为自己没生病，也不肯去看医生。

直到有一天夜里，她跳舞跳着跳着晕倒，等她清醒过来，抬眼瞧见她的三个孩子惊慌担忧的眼神。

那刻，她不知不觉眼泪掉了下来。

是她，拖累了三个好孩子。

于是第二天她就松口了。

幸运的是，母亲积极配合治疗，状况一天比一天好。

不久，唐河清以优异的成绩考上了全市最好的高中并获得了全额奖学金。

周海晏特地买了一辆摩托车，专门用来接送母亲去医院以及唐河清上下学。

一来一回难免惹人注目。

镇上有个神神道道的老太太，活了大半辈子了，痴迷封建迷信不说，还什么事都爱掺和一脚。

某个周末，她莫名其妙地端着一盆清水上门，水里还泡着一根桃枝，进门就嚷嚷着周家有不干净的东西，所以周母才会中邪。

她在家里绕了一圈，最后停在周母跟前，自言自语了半天，突然瞪大眼睛，抽出泡水的桃枝指着周母："脏东西还在，就在你身上，等我用桃枝抽走它，抽走人就好了。"

荒谬至极的话，气得周海晏和付远差点当场失控。

母亲却只是皱了皱眉头，没什么反应。

劝说不管用，老太太年纪大了，又不好动手赶她，周海晏和付远只能全力护在母亲身边，连声呵斥，只是也没有效果。

见没人信她的话，老太太开始撒泼，哭天喊地的，嚷嚷着不让她抽走邪祟，不仅会害了他们，镇上的人也会跟着遭殃。

正拿老太太没办法的时候，唐河清跑回房间捧了个瓷罐出来，打开盖子，居高临下地盯着老太太，面带微笑地问："走不走？再给你一次机会，现在滚出去还来得及。"

老太太瞥了眼，骂了句脏话，依然我行我素。

　　母亲和付远还没搞清楚唐河清要做什么，一旁的周海晏已经认出这个罐子了，饶有兴致地抱臂看热闹。

　　说实话，他很好奇唐河清接下来的举动。

　　见老太太还不听劝，唐河清喷了声，直接将罐子朝老太太一扬，瞬间，就跟下雨似的，一大把灰粉从罐子里甩了出来，撒了老太太满头满脸，有些还甩进了老太太嘴里。

　　她笑盈盈地继续道："请你吃个好东西。"

　　老太太抹了把脸，有些蒙："这是什么？"

　　唐河清一字一句地吐出两个字："骨灰。"

　　老太太低头看了看身上，脸色越来越白，一边干呕一边从地上跳起来，指着唐河清的手都气得在打哆嗦。

　　"你说的脏东西现在可都在你身上了，还不走吗？这儿还有半罐呢。"说着，唐河清又晃了晃举在手里的瓷罐。

　　老太太尖叫一声，扭头走得飞快，到后面甚至要跑起来。

　　"我的娘啊，造孽哦！"

　　看到老太太逃也似的离开，付远和母亲笑得都直不起腰。

　　他们都知道，那个罐子里装的就是蚊香灰而已。

　　唐河清有个小癖好，就是喜欢收集蚊香灰。她觉得蚊香燃烧完剩下的固体残留物很香，捏起来像绸缎一样丝滑绵密。

　　随着收集的蚊香灰越来越多，原来的罐子满了，前阵子唐河清刚换上这个更大一些的，当时周海晏还调侃说这个罐子的造型有些别致，好巧不巧，这些灰今天正好派上用场了。

　　撒的时候痛快，丝毫不带犹豫，事后看着满地的蚊香灰，唐河清又开始心疼得慌，心疼得直跺脚，嚷嚷着要去找那老太太赔她的宝贝。要不是周海晏答应以后帮她一起收集，她还打算把地上的蚊香灰拢起来再放回罐子里。

少女的眉眼藏着喜怒哀乐，过于生动灵活，轻而易举地就吸引住了周海晏的目光。

这几年她一直在慢慢成长。

每当他以为自己足够认识唐河清时，她又会给他新的惊喜。

"你有没有发现，唐妹妹现在和你越来越像了？"

一旁的付远突然出声，视线在两人之间徘徊。

"不是说长相，而是气质和神态，尤其是刚刚发火时那副漫不经心的样子。"

周海晏表面上没当回事，心里却开始复盘，经过一系列的回忆对比后，他发现了一件很有趣的事情——唐河清在模仿他。

一旦有了这种想法，他再去看唐河清，就好像是在看世界上的另一个自己。她做什么都带着他的影子。

这种感觉有些奇妙，他并不排斥，甚至隐隐有些欢喜。

他直起身子，眼眸微深。

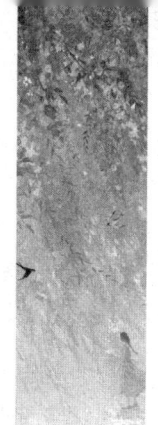

10

唐河清上高二时，母亲的状态愈发稳定了，境况一切向好。

当时正值文理分科，唐河清的成绩很均衡，每门功课都很优秀，便照着自己的喜好选了理科。

也不知道是不是周海晏的错觉，他总觉得唐河清开始有些躲着他。

整个人透着一股说不清道不明的别扭和疏离感。

坐一块吃饭时脸上写满了局促，凑一起聊天时身上写满了抗拒，衣服不让他洗了，卧室也不让他进了，痛经倒在床上打滚也不来找他，就连骑摩托车送她去上学都不愿意搂着他。

和他说话都变得越来越少。

辛辛苦苦三四年，关系一朝回到解放前。

连母亲都看出来他们在闹矛盾，问他是不是做了什么事惹唐河清生气了，还旁敲侧击地警告他别欺负她。

他脑袋都想破了，也想不出来到底哪里做错了，直到在接她放学时注意到一批又一批围着她献殷勤的小男生。

　　一想到好不容易养熟的"小白兔"要被别的"大灰狼"骗走了，周海晏的情绪瞬间不好了，紧绷的下颌线透着极力克制的不悦，嘴角也跟着耷拉下来。

　　晚上，他找唐河清谈话本来是想教育她不要早恋，没想到话题越说越歪，甚至还被她反问上了。一个接一个大胆的问题让周海晏措手不及，不得不提前终止谈话以掩饰内心的慌乱。

　　好像问出来了，又好像什么也没问出来。

　　周海晏不放心，于是又化身"雷达"，只要和唐河清有关的事情他都要掺和一脚，哪怕是八竿子打不着的，他也得竖一耳朵。

　　付远调侃他什么时候变得这么封建古板了，唐河清已经十七岁了又不是七岁，再说她成绩好，人长得又漂亮，性格更是没话说，被男孩子追也不足为奇。

　　这话但凡不是从他兄弟嘴里说出来的，周海晏非得踹那人几脚不可。

　　道理他都懂，但他就是不愿意接受。

　　学校那些还没长大、毛里毛躁的小男孩，懂得什么是喜欢吗？无论唐河清看上哪个，他只要想想都要发疯。

　　经过他的不懈努力和反复提醒，唐河清想早恋的苗头终于被扼杀在摇篮里，他俩的关系也终于恢复了正常，只是隐约还是有些别扭。

　　譬如给唐河清开家长会时，周海晏只要一看到她那尴尬的模样就莫名觉得有意思，对视不到三秒，就会忍不住笑出声，连带唐河清也受到影响，她那夸张的笑脸在一群表情端庄严肃的同学间显得那样格格不入。

周海晏发誓，他真不是故意的。

他们这种奇怪的相处方式一直保持到唐河清高考的前一个月。

作为学校里的尖子生，唐河清的志愿选择是老师重点关注的内容。

她说她想当法医。

这时唐世国还在监狱里蹲着，因为有个坐牢的直系亲属，唐河清是不符合要求的。除非她能在法律关系上和唐世国彻底撇清。

这件事周海晏很早就开始考虑了，要么将唐河清的户口转到周家，以收养的方式；要么办理一份无接触无关系证明，唐世国服刑期间无法履行抚养义务，唐河清年满十八岁就可以独立出来，自立门户。

前者相较于后者更为简单。

母亲找周海晏商量这个事。

四年前还信誓旦旦想要个妹妹的周海晏突然偃旗息鼓，因为只要唐河清以这个名义加进周家户口，就代表着他们这辈子只能有一种关系，兄妹。

显然母亲比周海晏还要清楚，否则她不会再三问他是不是真的想要唐河清做他的妹妹，如果做了决定就不能再改了。

她不会插手两个孩子之间的事，那不归她管，无论如何都是他们的自由，只要两个孩子开心就好。

这一刻，周海晏的脑子变得前所未有的清晰，他非常清楚地知道了自己想要什么。

"起初，山洞里久无亮色，有一天少女走了进来，她划了一根火柴，于是洞里的枯草被点燃。少女见火势渐小，每天都会往火堆里添柴，乐此不疲。火苗愈燃愈烈，竟有熊熊之势。从此山洞里长明如昼，少女也有了栖息之地。"

不是妹妹。

不是哥哥。

怎么会甘心只当兄妹？

周海晏一个个联系相关人等，请他们做证，写报告给民政部门，说明唐河清和唐世国之间只生不养、并未长时间在一起生活的证明以及唐河清本人的无犯罪记录证明。前前后后忙了一个多月，直到高考的前一天唐河清才正式成为独立户主。

两人间隔着的那一层朦朦胧胧的窗户纸，就差戳破。

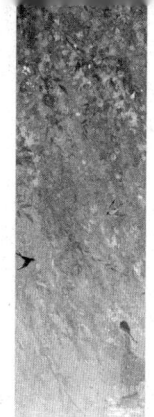

　　那天晚上，付远的女朋友沈临熙来店里，说是来文身的，其实是在给付远一个哄她的机会。

　　或许是女人的第六感，她察觉到唐河清和周海晏两人之间隐隐约约的暧昧氛围，于是随口调侃助攻了一把。

　　她这句调侃的话让唐河清生起了试探的念头，弄得周海晏顿时乱了阵脚，最后虽然什么表白的话都没说，却彼此心知肚明。

　　"我不早恋，你也不要早恋好不好？"

　　"好。"

　　"那你等等我好不好？"

　　"好。"

　　这种暧昧的承诺，遭到直接果断派代表人物付远的疯狂调侃。

　　他问周海晏："如果我和唐妹妹同时掉进河里，你会先救谁？"

　　周海晏没答反问："我和沈临熙一起掉进河里，你会先救谁？"

付远毫不犹豫："沈临熙。"

似乎也意识到自己过于重色轻友了，他又补充了一句："因为你会游泳，班里就你最厉害，一个人救两个都行，但她怕水。"

周海晏听了，说："行，那你再问我一遍。"

付远很配合地问："如果我和唐妹妹同时掉进河里，你会先救谁？"

周海晏头也不回，嗤之以鼻："你什么档次，配和她一起掉进河里？"

付远哑口无言。

周海晏和唐河清出奇默契，"喜欢"这两个字要等事情都确定下来，时机到了才能说出口。

这是他们的共识。

所以他们心照不宣地等待。

然而没想到意外永远来得比明天更快。

唐河清高考完当天下午，时隔多年，杀害了父亲的毒贩团伙又在边境附近冒头，得到这个消息，周海晏和付远第一时间奔赴边境，积极配合当地警方追捕毒贩。

也是在高考完那天晚上，母亲决绝地选择自杀，追随父亲而去。从她留下的遗书里，周海晏这才知道，原来的积极配合就医、病情好转，都是母亲伪装的假象。

周海晏第一时间马不停蹄地赶回来，但还是晚了一步，只见到了母亲冰凉的遗体和已经哭掉了半条命的唐河清。

老天爷待他竟如此残忍！

最爱他的至亲双双离他而去。不仅如此，到最后，他还必须从他爱的人身边离开——有些事情，他必须去做。

其实最痛苦的并不是即将离开的他，而是留下来的唐河清。她甚至都不知道他什么时候回来，还会不会回来。也许明天回来，也许永远也回不来，等待是一条没有尽头的河流，吞噬了她的心神。

十年了，那个杀害了他父亲的边境贩毒团伙，终于有了线索，周海晏不可能放弃，也不可以放弃。

即使他知道这一去很可能九死一生，但他一定要做这件事。

毒品一日不绝，禁毒一刻不止——这是父亲生前最常跟他说的话，也是他曾经的志向所在。

他唯一放不下的就是唐河清。他无数次幻想当唐河清穿着婚纱，笑意盈盈缓步向他走来，点头说我愿意时的场景。一想到这些，他不由得双眼泛红，几乎要落下泪来。

他不能背弃他们的约定，他得给他的唐河清一个回答，一个身份。于是他去了市里最大的珠宝店，花了他将近一半的积蓄，挑了一颗最好看的钻戒。

她今年才十八岁，等他完成任务回来怎么也要四五年，所以他特意把钻戒买大了一号。

为了让她安心，他将他的一切都说给她听，包括他的父母，他的成长经历，希望能多少弥补一点他背弃约定对她的伤害。

待到他将要出发的那天，唐河清卖掉了蓄了四年的长发，给他买了生日蛋糕和一束向日葵，为他过了一个匆忙的生日。

离别前的每一秒，他都无比珍惜。每一刻他的内心都在煎熬，临别时，他在她的耳边说了句，"好好长大"。

这四个字，四年来他对她说过无数次。

其中包含了太多难以言喻的情感。

即使她右耳听不见，他也不想轻易许下无法保证的诺言，更不想说些没有实际意义的表白。那是对她的不尊重。

他想娶她是真的，他不想要求她等他也是真的。

如果他还能回来，如果那时他还有机会，那便是他尚未说出口的表白说出口的时候。

走的时候他只带了那张十块钱和那束向日葵，他把小楼和银行卡都留给了唐河清，这是他最后能为她做的事情了。

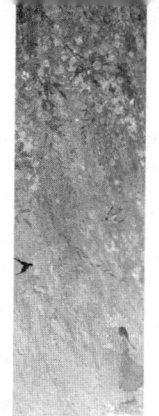

12

这一别，就是六年。

从跨越祖国边境进入邻国，到辗转加入贩毒集团做卧底，再到获取毒贩信任，逐渐融入贩毒集团核心群体，一直到最后和警方里应外合逐步捣毁整个贩毒集团，其间，周海晏吃了很多很多苦，但他从不抱怨，只是在快撑不住的时候，掏出那十块钱看看。

十年过去了，本就皱巴巴的纸钞不好保存，周海晏怕把它弄坏，就折成了三角形，放在胸口最贴近心脏的位置。

他不敢过多打听唐河清的境况，仅在每次接头时简略问上一句，知道她过得挺好，已经是一名很优秀的女法医以外，别的就不清楚了，也不敢问清楚，怕出什么意外。

随着贩毒集团被捣毁的据点越来越多，警方侦破动作越来越大，作为外来户而身居高位的周海晏终于成了被怀疑的对象。那段时间，周海晏就连上厕所都会有人跟着。

只是他做事谨慎，从没留下什么痕迹，很长一段时间，针对他的调查依然一无所获。因此，他重新获得毒枭的信任。

计划已经到了最关键的时候，一着不慎，满盘皆输，每一步周海晏都如履薄冰。

周海晏卧底的贩毒团伙之所以能迅速成为边境最大的贩毒集团，凭借的就是其疯狂残忍的管理模式。

制毒、贩毒、运毒三个环节，环环相扣，形成了一条完整的产业链。这里面每个环节都是用生命堆积起来的，尤其是里面的运输环节，更是充满了血腥与罪恶。

替他们运送毒品的人大多是毒贩从各地骗来的——在这个毗邻国境的邻国所谓科技园区内，他们被毒贩用毒品控制、用武力胁迫，无奈之下只能听话替毒贩卖命。这些人不管年龄大小，无论男女老少，在毒贩眼里都只是赚钱的工具。他们没有性别和年龄，也没有人权和自尊。他们唯一被区别标记的是，最大藏毒量、最短吞食时间、最长保留天数等等。

这些人被称为"飞蛾"。

环境险恶，一不小心就会丢掉性命。

在这些"飞蛾"之中，新近多了一张熟悉的面孔——唐世国。他刚出狱不久，就被他十分信赖的"恩人"——地下赌场的朱老板骗了过来。

短短半年时间，唐世国就因为没有完成任务失去了一条腿和一只胳膊，同时还染上了毒瘾。

为了活命，他又把唐河清推了出来。

运毒最缺什么人？

年轻的、身材好的、漂亮的女人。

在黑色产业带里，漂亮女人有时候甚至是比钱还要受欢迎的硬通货。

她们的作用可比一般人要大得多。

当周海晏听到"同伙"提及唐河清这个名字时，一瞬间他全身的血液都凝固了。

他比任何人都清楚，她被骗过来的下场。

所以周海晏冒着巨大的风险，将这件事情拦了下来。

唐世国没了替罪羊，在贩毒集团的境况愈发糟糕。他想不明白他都把唐河清的信息交代得清清楚楚了，甚至连骗她过来的办法都替他们想好了，这么长时间过去了，他们为什么还没成功？

直到有一天他毒瘾发作，因为偷窃毒品被抓，被押到贩毒集团园区主楼会议室外等候处置。

当时的会议室内，贩毒集团的大小头目云集，毒枭正气急败坏，气氛十分紧张——就在前一天，他们又一批毒品被中国警方查获了，连同他们经营十余年的销售网络，也被中国警方连根拔起。损失如此巨大，怪不得台上的毒枭暴跳如雷了。

一时间，会议室内大小头目个个战战兢兢，汗不敢出。连续发生这样的事情，任谁都肯定是中国警方的卧底提供的消息，而这个卧底十有八九就在这个会议室内。伴随着毒枭的暴怒，一场腥风血雨即将来临，谁也不想平白遭殃。

就在众人彼此猜忌时，被押在门口的唐世国突然发疯似的大喊大叫了起来："我知道谁是中国警察！我知道谁是中国警察！放过我！放过我！"

门口的唐世国一眼便将站在后排的周海晏认了出来，其实他也不知道周海晏是不是警察，但他为了自救，看见周海晏就像看到了最后一根救命稻草，不管不顾地叫喊了起来。

很快，他被带到了毒枭面前，一番对答之后，便将他所知道的周海晏的一切全数倒了个干净。

作为精心安排的卧底，周海晏的身份信息经过了二次加工，但在孤注一掷的唐世国面前，还是显得那么的苍白无力。

六年卧底生涯，周海晏撑过了各种危机，熬过了枪林弹雨，眼看成功在即，却因为被唐世国出卖，最终功亏一篑。

身份暴露，周海晏只能选择殊死一搏。其实他心里清楚，这种情况下，想要逃出去完全没有可能。但他还是选择全力反抗，尽量把动静闹大。只有这样，潜伏在外围的付远才能知道他已经暴露，才能提前做好撤退的准备。

双拳难敌四手，打倒数人之后，周海晏还是被抓住了。紧接着，就是被严刑拷打。

烈火焚烧，锤子一寸一寸地敲击，浸泡了辣椒水的皮鞭反复抽打，在他伤口上撒盐，反复重力击打面部头部……

整整三十个小时的折磨，他咬着牙一声不吭，鲜血浸透了紧紧贴在他胸口的十块钱，那张纸币至死都被他藏得好好的，直到在解剖台上被人发现。

"清……清，要……好……好长……大。"

对不起，他又食言了。

这辈子他获得的幸福浓烈又短暂，支撑着他走完了这一生。

男人躺在血泊里，全身上下几乎没有一处完好的地方，甚至面部都被砸得血肉模糊。生命即将走到尽头，胸膛忽起忽落，他用最后的力气抿了抿苍白的嘴唇，断断续续地发出几声低喃，最后看了一眼这个令他留恋的世界，终于缓缓闭上了双眼。

可能是风太大了，那几声低语终究还是消散在空气里。

彼时千里之外的唐河清猛地转过头，恍惚间，她听到有人在喊她的名字。可回头，身后只有肆虐的风。

有缘无分，定会铭记终生。

那年的秋天很美，月光下两座墓碑紧紧依偎，他们终于可以不惧风雨肆意相会。

"浮云一别后，流云十年间。"

"人间别久不成悲。"

番外二

平行世界

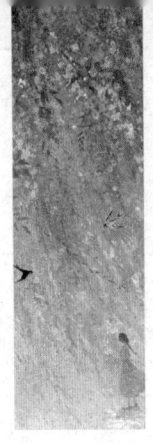

"平芜尽处是春山。"

"中秋快乐。"

"中秋快乐。"

小楼前，唐河清和沈临熙相视一笑。

这是她们等待的第六年，也许还会有第七年、第八年。

谁也没有去刻意打探他们的消息，只是心照不宣地把小楼当成了另一个家，逢年过节都会回来看看。

"下半年有什么打算？"唐河清问。

"看看世界，去瑞士滑雪、挪威看极光、新西兰蹦极，顺便去意大利看看帅哥。"

沈临熙身穿黑色短皮衣，长腿跨下电动车，一边嫌弃地解着头盔，一边随意地说道。

自从她两年前飙车出事，命大才活了下来后，她爸妈就不允许她再碰机车了。要是她不听，就只能被逼着去相亲了。

沈临熙的心情她能理解，当年付远什么话都没留下就走了，沈临熙心里那口气憋了这么久，好歹也让她嘴上发泄发泄。

说起来沈临熙比她还大了几岁，但有时候幼稚得不行，嘴巴还特别硬。

唐河清顺着她的话："好好好，要是你真碰上了大帅哥，也介绍给我认识认识。

"不过我要求可不低哦，个子要高，长得还要够帅，性格也要好，怎么也得是个暖男。笑容也很重要，笑起来的时候要很可爱，还得透着点玩世不恭的感觉。四分霸道、三分冷酷、三分叛逆……"

始终沉浸在瞎编乱造中的唐河清完全没注意旁边的沈临熙早已噤了声，眼神中满是尴尬和震惊。

"你怎么不吱声？"

"你看我算不算四分霸道、三分冷酷、三分叛逆？"

低沉的声音穿过时间的封印，落入唐河清的耳畔，一瞬间她的大脑一片空白，好像什么都听不见了。

她的表情逐渐僵硬，慢慢转头，顿时愣在了原地。

男人一袭黑色风衣，身材挺拔修长，经过沉淀的气场变得稳重又凌厉，棱角分明的脸上天生带着冷酷，此刻正漫不经心地双手插兜看着她。

他就站在离她不远的地方，慢条斯理地挑眉问道："请问唐河清女士，你觉得你面前这个男人能不能达到你的要求？"

唐河清掐了掐手心，刺痛感让她确定眼前的人不是幻觉。

她眨了眨眼，泪水悄无声息顺着脸颊汹涌滑落。

周海晏不再打趣，三步并作两步上前将她紧紧抱在怀里，那一刻他的心终于落到了实处。

等哭够了，情绪也缓过来了，唐河清一把推开了眼前的人。

她茫然抬眸。

"你是谁？我们认识吗？"

周海晏一愣，神色极为自然地点头。

"虽然你失忆不记得了，但其实我是你丈夫。"

"证据呢？"

"说出来你可能不信，我们是先上车后补票的。"

行，这下百分之百确认了。

除了周海晏，没人会无赖得这么理直气壮。

一旁站着的沈临熙见他们说得差不多了，才出声问周海晏。

"打扰一下，那谁也回来了吗？"

她往后张望了半天也没看见人影。

担心自己表现得太明显，她假装无所谓地说道："我也不是关心他，就单纯好奇他是不是死了。毕竟挺危险的，缺胳膊少腿都正常。"

"沈临熙，不是我说，你就这么恨我吗？"

说曹操曹操就到。

付远气喘吁吁地从巷口跑了过来。一路上他骂了周海晏很多遍，车明明是两个人一起开回来的，看到停车位不好找，这家伙直接把钥匙扔给他，自己先跑来讨好美人了。

听见院子里的动静，周母出来瞧了瞧。

这一看不得了，俩小子提前回来也不说一声。

她欣喜地往屋里喊："亦柏，快出来，看是谁回来了！你的两个好儿子回来了！"

男人身材高大，眉目温和，腰间围裙都没摘，就一瘸一拐地从屋里走了出来，看到院子里整整齐齐，不住点头感叹，"好好好，回来了好啊。"

几年前，乔亦柏出任务时受了伤，经过救治，右腿落下残疾，因此从一线退了下来。带着妻儿搬到这座小镇安享晚年。

"快进屋，做了五仁馅的月饼，刚出锅！"

一时间小楼非比寻常的热闹。

周父的手艺很好，月饼喷喷香，大家都抢着去拿。

他们当年的愿望，如今都一一实现了。

———

头顶的明月好似轻纱，笼罩着小院，一片洁白，静静的夜空下是比十五还要美满的团圆。

图书在版编目（CIP）数据

河清海晏 / 橘子不酸著 . -- 北京 : 台海出版社，
2024.4（2025.9 重印）

ISBN 978-7-5168-3810-5

Ⅰ . ①河… Ⅱ . ①橘… Ⅲ . ①言情小说 – 中国 – 当代
Ⅳ . ① I247.5

中国国家版本馆 CIP 数据核字 (2024) 第 046760 号

河清海晏

著　　者：橘子不酸	
责任编辑：曹任云	封面设计：U 有·态度 设计工作室 L'Attitude Design Studio 联系方式 qq461084

出版发行：台海出版社

地　　址：北京市东城区景山东街 20 号　　邮政编码：100009

电　　话：010-64041652（发行，邮购）

传　　真：010-84045799（总编室）

网　　址：www.taimeng.org.cn/thcbs/default.htm

E - mail：thcbs@126.com

经　　销：全国各地新华书店

印　　刷：三河市金泰源印务有限公司

本书如有破损、缺页、装订错误，请与本社联系调换

开　　本：880 毫米 ×1230 毫米　　1/32

字　　数：166 千字　　　　印　　张：8.25

版　　次：2024 年 4 月第 1 版　　印　　次：2025 年 9 月第 14 次印刷

书　　号：ISBN 978-7-5168-3810-5

定　　价：39.80 元